その心をいじめないで

中村美幸

龍鳳書房

表紙絵・挿絵　竹花ちよ

その心をいじめないで　もくじ

多くの中のたったひとつ……　87

悲しさと寂しさと、そして優しさと愛のカタチ　191

【プロローグ】選ばれて生きた五〇〇日もの「いのちの時間」

ようこそ
この本に――

渓太郎を出産した瞬間から一気に溢れ出した「愛情」に溺れた私。幾色にも彩られた幸せ色の日常が、当然のことのように未来永劫続くものと疑いませんでした。

が、しかし四か月が過ぎた、あの日。私の目の前はモノクロームの世界へと、突如暗転しました。

「ほとんど症例のない、非常に悪い腫瘍です」

専門医の口から、渓太郎を襲った絶望的な病魔の正体が告げられたのです。

さらに――

「世界的にみても、今まで助かった例は一例もありません」

未来を閉ざす「余命宣告」でした。

それは、私が初めて、命には限りがある――という現実と対峙することになった〝命の時〟でもありました。

「新しい命」と向き合った一五〇日

＋

「死」と向き合い続けた三五〇日

――ちょうど五〇〇日。

これが、渓太郎とともに生きた「いのちの時間」の証しです。

「渓太郎が『まさか』小児がんを患うなんて……」

「渓太郎を『まさか』亡くすなんて……」

渓太郎が私に言わせたかったのは、こうしたネガティブな思いが連鎖する「まさか」ではなくて――

「『まさか』こんな素晴らしい人生になるなんて……」

――では、なかったのか。

（五〇〇日を生きるために）生まれてきた渓太郎は、死別に伴う諸々の負を抱え込みながらも、これを超える「命の在り処《あか》」や「生きること」の本当の意味を教えてくれました。

生きていれば今年二十一歳になる渓太郎は、これからも母親の私を介して大切なメッセージを発信し続けていくのです。

小さな幸せ……

数えられますか？

（なぜ、こんな所にいなくちゃいけないの？）

――小児腫瘍病棟。

（もう、いっそのこと渓太郎と一緒に消えてしまいたい！）

ナースステーションに向かう私のうつろな目線を、二重に据えつけられた無機質な扉が遮っていた。

病棟を隔てる扉の向こう側には、生後間もない息子の渓太郎を包み込む、幸せで豊かな未来しか見えない世界があった。

――そう、ついこないだまで「あった」はずだ。

（あそこに、戻ろう）

と、突然、渓太郎を抱っこして、分厚い二重扉に挑むように、思いっ切り突進する自分の姿が脳裏にふわっと浮かび上がった――。

目の前の頑丈な扉（自分と世間を隔離する壁）を、最初からなかったかのように難なく通り抜け、長い廊下を走り、全速力で病院の玄関を突破した。

そこは、圧倒的に迫る標高三〇〇〇《メートル》級の峰々を連ねる北アルプスに抱かれた安曇野。息をのむほどに美しく澄み切った高くて広い空の下―に、飛び出た。

信州を象徴する緑豊かな景観に溶け込んで建つ「長野県立こども病院」。それは、さまよう私たち親子にとって紛れもない〝安住の地〟であり、お気に入りの朱色のとんがり屋根が醸し出す、メルヘンチックな空間に癒されていた。なのに、今私は、ここから逃れたい一心で、脱兎《だっと》のごとく何十キロも離れた自宅の方向に駆け出している。

走る、走る、走る……走って、走って……走った。

「ハア、ハア、ハアッ」

息を切らして、ようやく立ち止まる。深呼吸する余裕もなく、今にも倒れ込むような際どい格好だ。やっとの思いで、前かがみの上半身を伸ばし体勢を立て直して、前を見た。

「シッ……」

田園の真ん中をまっすぐに突っ切っているはずの、この道の先……なぜか曲がりくねっていて、見通せない。

行く先を、私は……見失った。

渓太郎……？

私の腕の中で安心し切って「キャッ、キャッ」ってはじける、あのいつもの笑顔はない。

（こんなことしていたら渓太郎は、あっという間に死んじゃう）

――我に返った。

余命、三か月――。

医師が告げる余命宣告の〝常套句《じょうとうく》〟みたいな「三か月」だが、初めて授かった命の現実を突きつける剣先は、私の胸を鋭くえぐった。

一年にも満たない渓太郎の人生を、プツンとちょん切られてしまった私は、その日一日どころか一分一秒、どうやって生きたらいいのかさえわからなかった。

幸せとか、喜びとか、楽しみとか、人間の営みを謳歌する一切の言葉が、渓太郎の命とともに消え去るだろう自分の人生を、どう生きたらいいのか。

（どうせ、いなくなるのに、なぜ、こんな所にいなければいけないのよ！）

考えれば考えるほどに、ふつふつと湧き上がる葛藤にうろたえながら、私は一人とぼとぼと歩き始めた。

渓太郎　誕生

私は中村美幸。将来の夢は？　と、聞かれれば「お母さんになること」って、幼な心に抱いた憧れを変わることなく答え続け、気がつけば大人になっていたような気がする。そして、その夢は二十七歳で実現した。

一九九七年八月十二日―私が、初めて母親になれた記念日だ。

夏真っ盛り。信州の爽やかなイメージを見事に裏切り、うだるような暑さとなったその一日は、いきなり早朝の「破水」から始まった。

数時間後、私は産婦人科病院の分娩台ではなく手術台に寝かされ、手術器具を準備する乾いたカシャ、カシャという音を、怯えながら聞いていた。

ちょっと時間を巻き戻すと―「破水」した私は、取るものも取りあえず、あまりうまくもない母の運転する車で産院に駆け込んだのだが、初産《ういざん》の不安に追い打ちをかけるように、思いも寄らない事態が待ち受けていた。

それは、診察した医師が放ったこのひと言――「手術」。

（えっ。手術？　帝王切開？　普通の分娩じゃなくて……!?）

心拍数は一気に上昇した。

病院は、これまで至って健康な私には無縁の存在だっただけに、医療に対する免疫力はないに等しい。中でも格別に苦手とする医師から直接告げられた「帝王切開手術」の恐怖は、もう生半可ではなかった。

出産を目前に、「案ずるより産むが易し」とか「出産の痛みは、あっという間に忘れる」とか、聞き覚えのある〝格言〟を思い浮かべて、自らを励ましていたのに、「手術」を告知された今となっては、なんの役にも立たない。そこで、急きょ行われることになった「帝王切開」への覚悟を促す〝おまじない〟を、大急ぎであれこれ探すはめになった。

そして私は、手術台で呪文を唱えるように「まな板の鯉……まな板の鯉……私は、まな板の鯉……」を、繰り返しながら帝王切開に臨んでいた。

ところが、十分に覚悟も定まらないうちに、小さく……。

「うぎゃっ」

「えっ」……（なんか、聞こえた？）

「おぎゃあー、おぎゃあー」

—ついに、産まれた。

（私のお腹から出て来た初めての赤ちゃんだ！）

看護師さんに抱かれて目の前に現れた。とたんに溢れ出す涙。どこから湧くのか、捉えどころのない複雑で強い感情に圧倒されながら、無意識に叫んでいた。

「うっわー、かわいい!!」。

「愛おしい」という感情が、胸の奥底から喉元まで渦巻いて、竜巻のように激しく昇ってくる、初めての感覚—（これが『母性』というものかもしれない）と思うと、すっと深く納得できた。


翌日。十か月もの間、命を育んできたお腹の上にそっと両手を置きながら、私は経験したことのない喪失感をまとって、病室の天井を見つめていた。

つい昨日まで、パンパンだったお腹は平らになり、毎日ゴロゴロと感じていた胎動もない。ただ、そこにあったのは静まり返った私の身ひとつ。

これまで胎内でつながっていた命が、自分の元から確実に離れた真実を、手のひらを通して実感した。と、同時に体の一部を失ったような感じが込み上げてきた。

（この子をもう一度、私のお腹に戻したい……。一つになりたい……）

叶うはずもない不思議な願望を抱いた私は、無性《むしょう》に我が子の存在を確かめたくなった。

というのも、帝王切開で出産した私は病室でしばらく安静状態にあり、一方で我が子といえば新生児室に預けられていたからだ。

普通分娩のお母さんは、ほぼ出産直後から同じベッドで赤ちゃんを抱っこしたり、おっぱいを与えたりしているのに引き替え、私たちは離ればなれになっていたのだ。

この世に生をうけたまま、母親に抱かれることもなく、一人ぼっちで保育ベッドに寝かされていると思うと、かわいそうで矢も盾もたまらず会いたくなった。

しかし、問題があった。

私の術後の状態だ――。

明日から足首を動かす程度のリハビリを始める予定とはいえ、お腹にちょっとでも力を加えると、それは言葉に言い表せないほどの激痛が走った。

だが、私は決死の覚悟で〝決行〟した。

点滴のスタンドを支えに、スローモーションの上をいくのろ
ささで、病室からの一〇メートル《メートル》余を必死の思いで移動した。

廊下からガラス越しに新生児室を覗《のぞ》くまでもなく、すぐにわかった我が子を見つめているうちに、とめどなく悲しみの涙があふれてきた。

一人ぽつんとして横たわる我が子があまりに不憫《ふびん》でたまらない……。

私は思う――これが、渓太郎に対する〝溺愛《できあい》の源泉〟だ、と。

（細い渓流はやがて大河となり、果てしない大海原へ――大きな未来に向かって力強く生きて欲しい）と、息子の輝く将来を夢見て、夫が願いを託した名前だ。

――渓太郎。

「渓ちゃん……」。キラキラと谷間を縫う渓流をイメージした私も、すごく気に入った。

か細かった泣き声が、爆裂音並みに真っ赤な顔から発せられ、抱っこする腕から飛び出さないようにと必死の私は、悲鳴を上げる。

「渓太郎」「渓ちゃん」──は、命名に込められた未来へと順調に踏み出していた。

〝出産の暴露劇〟

相手かまわず、とにかくしゃべりたい。私が赤ちゃん──渓太郎を産んだことを、誰かに話したくてうずうずしていた。

（えーっ、本当に？　いつ？　男の子？　女の子？　で、お名前は？……）

さも驚いた様子で矢継ぎ早に繰り出される質問──絶対に間違いようのないリ

アクションを想定して、ひそかにほくそ笑んでいた、そんな待ちに待った日がついにやって来た。

出産間もない私は、渓太郎の成長に合わせて「変化」することを自分に課していた。と言っても、それほど大げさなことではなく、これまでの髪型、服装を一新するだけのことなのだけれど。

ふつう取り立てて言うほどのことではないと思うが、保守的であまり変化を好まないタイプの私には、「清水《きよみず》の舞台から飛び降りる」ことと同じで、とても大きな冒険なのだ。

変化・その一のチャレンジが髪型。美容院でひそかに企てる待望の〝出産の暴露劇〟—。そんな目論見の舞台が整ったのは、里帰りしていたある日のことだった。

「ねえ、お母さん。一時間だけ渓太郎をみていて」。急に思い立って頼む私に、「産まれたての子どもを置いて、どこに行くのよ!」と、咎《とが》めるような母親の口調。

「美容院に行きたいの。長い髪が渓ちゃんの目に入ったら大変でしょう」

私が放ったこの説明は、抜群の即効性を持っていた。表情を一変させた母は、ご機嫌な様子で「そりゃ、そうよね。もうバッサリ切っちゃいなさい！」。
――渓太郎を中心にすべてが回り始めていた。

「こんにちはー」。実家から五、六分の所にある青柳理美容院のドアを開けた。一瞬の間があって、以前とちっとも変わらない高い声が迎えてくれた。「あら、美幸ちゃん。久しぶりね！」。声の主は、私が「おばちゃん」と呼んでいる同級生のお母さんで、この理美容院を経営している美容師さんだ。

「急で申し訳ないんだけど……」

予約もせずにいきなりやって来て「髪を切れ」と言う、ずうずうしい客にも「よく来たね」とでもいうように、さっと予約表を確認して二、三回うなずきながら「うん、今なら大丈夫！」と、請け負ってくれた。

アポなしの第一関門をクリアした私は、次なる関門〝出産の暴露〟を控えて妙に胸のあたりがムズムズしてきた。目の前の大鏡越しにおばちゃんの目線と重なった私は、ムズムズが全身を駆けずり回るのを感じた。

「今日はパーマ？」

（よーし、キターッ）

手ぐすね引いて待っていたタイミングに、私は一気にはじけた。

「実はね──。私、子どもを産んだの！」

「だから、バッサリ切っちゃって！」

「抱っこしたとき、髪が目に入ったら大変だから」

（お、おばちゃんの反応は……）

「うわぁー、それはおめでとう。男の子？　女の子？　お名前は？」

（おっ、想定通りだ！　うれしーい）

「男の子なの。十二日に産まれたから、まだ二週間。でも、あっという間に大きくなって……もう重たくて、重たくて。あっ、そう、名前は『渓太郎』と言います。渓太郎の『けい』は『渓流』の『渓』……」

得意満面で話す私に、おばちゃんは「そう、それは髪型なんて気にしていられないわねぇ。男の子なら元気に動き回るからね。じゃ、短くしちゃおうね」。

そう言うと、カールのかかった長い髪に大きくハサミを入れた。

バサッ、バサッと髪が床に落ちる——そのたびに（私は、お母さんになった）自覚が積み上がる。

背中の真ん中くらいまであった髪は、瞬く間に肩の上あたりまでになる。「うわぁ、頭が軽い」。首を左右に振ると、短くなった毛先がチクチクと頬に当たる。だが、おばちゃんは髪の暴れ具合を見て「これだとまだ長いわねぇ」と言うが早いか、もうこれ以上は切れないというところまで、躊躇《ちゅうちょ》なくカットした。

「だいぶ短くしたよ」と言いながら、合わせ鏡で後ろ姿を写した。

「うわー。短くなったね。ショートヘアは中学生以来！」と、後ろの髪をなでてはしゃぐ私に、おばちゃんは自信たっぷりに「これで、おんぶをしても髪が赤ちゃんの目に入ることはないわよ」。

レジを済ませて店を出ようとしたとき、威勢のいいおばちゃんは私を慈しむように呼びとめて、しみじみと励ましてくれた。

「美幸ちゃん。子育て、がんばってね」

瞬間——私の中でなにかが起こった。

つい二週間前、産院を退院する際に看護師さんが言ったのと同じ、シンプルでいて温かなフレーズに誘発されるように、なぜか「マタニティブルー」の状態が再び呼び覚まされた。

（私は、この世界でたった一人の渓太郎の母……）

これは誰にも代わることができない、私だけに与えられた立ち位置なのだ。しかも、「渓太郎の母」を、この先、何十年もやり続けることへのかすかな不安が頭をもたげる。

重すぎる母親としての責任と、わずかな孤独を孕《はら》んだ寂しさとをない交ぜにした、言い知れぬ感情——それを湧かせていたのは、出産直後に感じたあのあまりに激しい渓太郎への「愛おしさ」のせいかもしれなかった。

お散歩

激しい暑さも過ぎ去り九月半ばになると、今かいまかと出番を待ち続けていたベビーカーを出動させた。それまで折りたたまれて玄関わきで身を細くしていいただけに、私の手によって広げられると、大威張りで存在感をアピールした。まるで、おとぎ話に出てくる「馬車」のよう。

一方、馬車に負けじと王子様風に着飾った渓太郎だったのだけれど、さしずめ「西洋貴族の服装をした桃太郎」といった出で立ちで、コーディネートした張本人の私でさえ、思わず「プッ」と吹き出すのを懸命にこらえた。

そうこうして、晴れの「公園デビュー」となるはずだったが、出発してものの数分でベビーカーは〝主なき馬車〟となり、当の渓太郎はご機嫌で私の腕の中にいた。

お互い顔が見えるようにと、ベビーカーをあらかじめ対面型にセットした。しかし家を出てわずかすると、最初は物珍しそうにキョロキョロしていた渓太郎の目線が、一直線に私に向いて動かなくなった。

理由はすぐにわかった。（なんで抱っこしてくれないの？）と訴えている……。

「ごめん、ごめん」

反射的に抱き上げた私だったが、いつも以上に渓太郎の体温を感じた。その瞬間から（もうベビーカーには戻したくない）と思った。

向き合って〝心の会話〟を楽しみながら、ベビーカーでのんびり散歩する――絵に描いたような幸せを望まないはずがない。

だが、私は、渓太郎を抱えたまま、片手で空っぽのベビーカーを押している。他人から見たらおかしな親子と、思われるだろうが、どうしても（離れたくない）気持ちを抑えられない。

ベビーカーを押す私と目の前に乗る渓太郎、その間一メートルと離れていない。なのに、体を密着していたいのだ。

――溺愛。

私は「おんぶ」をしたことがない。と、いうよりできない。常に「前抱き」だ。情緒面から好ましいとされる理由もあるが、背中だと（渓太郎が視覚的に確認できない）わけで、危険を察知できない。私の胸と背中、その数十《チセン》の裏表で（見えない）ことが、感情的に許容範囲を越えてしまう。

これは、もう「溺愛」なのだ。

公園に着いたころには、私の腕は限界に達していた。ベンチに腰かけて、渓太郎をやむなくベビーカーに戻してはまた抱っこ。そんなことを繰り返すうちに、何気なく一緒に見上げた大空のスクリーンに、こんな光景が映し出された。

――黄色い園児の帽子をかぶった渓太郎……ランドセルを背負ったピッカピカの一年生、学生服姿の……渓太郎。

母親として、いつもこうした節目の場面には必ず立ち会うだろう、私の未来。

（楽しいことが目白押しだね……）と、自分に向かってつぶやいた。

どこまでも青い空が、命名したときに思い浮かべた大海とぴったり重なった。

果てしなく広がる渓太郎の世界が――。

病気、見つかる

目が覚めると、すぐにカーテンの隙間から外の様子を確認するのが、私の日課となった。

「うわぁー、今日もいい天気になりそう。お散歩日和だ」と、なる。

ベビーカーは散歩アイテムから外れていて、渓太郎を抱っこして行ける体力が続く限りは待機――。

母と子二人だけの散歩は、これまでの人生でもっとも穏やかに満たされたひとときとなった。

足もとに転がる小さな石ころ、道端のクローバー、木の葉や花、川、空に浮かぶ雲も、鳥も……見るものすべてが、渓太郎にとって初体験なのだと思うと、その一つひとつのカタチや色、匂いや手触りを一緒に観察したくて、私は何度も立ち止まっては語りかけた。

「渓ちゃん。ほら、これ『は・っ・ぱ』って言うんだよ」。枝から採った枯れた葉を見せながら、「は」「っ」「ぱ」と一音ごと繰り返し、指でつまんだ葉を目の前でクルクルと回して見せる。興奮ぎみにキャッキャと笑いながら、不器用な手つきで葉っぱを叩こうとする渓太郎が頼もしい。

目に映るあらゆるものにピュアな興味を示すことがうれしくて、楽しくて……。私は、こんな調子の〝散歩の授業〟を途切らすことなく続けていた。

「あの日」もまた、こうした日常の中で通り過ぎるはずだった。

(今日は、なにを教えてあげようかな)

まだ眠っている渓太郎の布団をそっとめくり、おむつ替えを始めた。起こさないように、そっとカバーオールのボタンを外すと、おむつはおしっこでパンパンに膨れ上がっていた。

「渓ちゃん、気持ち悪かったね。これでスッキリするよ」

小声で言いながら、おむつを手前に開いた。

（なに？……これ⁉）

おむつの真ん中にわずかな血の塊《かたまり》がついていた。

血の気がサーっと引いた。

動転した私はとっさに血を隠すようにおむつを丸めると、脇にあったカバンの中に慌てて押し込んだ。

（病院に行かなきゃ‼）

母親としての危機意識を突如刺激された私は、激しく急《せ》かされるままにさっと着替えて、眠り続ける渓太郎を車に乗せた。

（病院……病院……小児科はどこ⁉）

運転しながら頭をフル回転させて、ありったけの情報を必死になってかき集めた。すると、頭の中に鮮明な色をした自宅周辺の俯瞰《ふかん》映像が浮かび、いつも行くスーパーの隣に見えていた病院の看板（そうだ、あの看板には確か『小児科』の文字があった……）を、思い出した。

通い慣れた買い物の道筋を、今は全く違う目的で車を走らせている。

（きっと、大したことはないはずだ。だって……生まれたときも、これまでの健診でも、なんの問題もなかったんだから……大丈夫！　きっと、大したことないよ！）

自分に言い聞かせれば、言い聞かせるほど不安が渦巻く。自分に聞こえるほど高鳴る鼓動、肩が上下するほど切羽つまった呼吸。指先やつま先に感じるピリピリした痛みは、こんな楽観的な〝刷り込み〟ではごまかし切れない。心の一番深いところにあるセンサーが、体に危険信号を送っている。

（もしかしたら、大変な病気かも……）


「今日はどうされましたか？」

駆け込んだ病院の受付で聞く決まりきった業務上の質問に、少しホッとした私は「なんとなく、おしっこの色が濃い気がするんです」と、強張《こわば》った表情をわざと緩めて答えた。

自己防衛本能が、そうさせたのかもしれない。もし「本当のこと」を言って、目の前で受付の女性に深刻な顔をされてしまったら、私の心臓は持ちこたえられない。

「それでは、お名前を呼ばれるまで、椅子に座ってお待ちください」

忠実なルーティンワークに救われた思いで、腕の中の渓太郎に向かって（大したことないよ。だって、これまでなんの問題もなかったんだからね）って、また繰り返した。

「今日はどうしました？」

診察室でも受付と同じことを尋ねられ、今度は正直に答えた。

「実は……」。私はカバンから取り出したおむつを差し出し「血の塊がついていたんです」と、勇気を振り絞って必要最低限の説明をした。

それは、大変な病気だったらどうしよう――という、すごい勢いで増殖する不安に対する防御策だった。しかし、私の胸の中では、これに続くたくさんの――行ったり来たりする葛藤《かっとう》――の言葉が列をなしていた。

（『それ以外、なにも変わったことはありません』『生まれたときも、これまでの検診もまったく問題なくて……』『ただ、これだけのことなんです』『だから先生！　大したことがないってことは、わかっているんです……』）

「血の塊が？」と、復唱しながら丸まったおむつを開いた医師は、一度うなずいてから穏やかに言った。

「あー。きっとこれは『尿路感染』だね」

それがどんな病気なのか、詳しく知らない私でも、穏やかな表情を崩さない様子から、深刻ではないことだけはわかった。緊張が一気に解けた。

「尿路感染？」

「はい。簡単に言うと、おしっこの通り道にバイキンが入ってしまう病気です。後でお薬を出しますので、渓太郎くんに飲ませてあげてください。そのうち良くなると思います」

（ほーら、やっぱり大したこと、なかったじゃない！　もう――）

不安で、心配で、アタフタした自分に文句言いながら、お礼を言って診察室を出ようとした私の背中に、医師の「念のため」という言葉が遅れ気味におぶさって来た。

「お母さん。でも、念のために渓太郎くんのお腹を触診しておきますね」

午前中の散歩を諦めていた私は「はい」と、四か月検診でも受けるような軽い気持ちで、渓太郎を再びベッドに寝かせた。


ベッドに戻されたことへの抗議なのか、不満そうに両腕をバタつかせる渓太郎に「ごめんね。ちょっとお腹を触るよ」「おりこうさんだね」と、医師は診察の手順に沿った言葉でなだめながら、カバーオールの裾からお腹に向かって手を伸ばした。……そこで、手は止まった。

その手が二回、三回と上下すると、お腹の中を探るように押していたのだ。

医師からは、次に続く言葉も動作も、穏やかな笑顔さえも消えていた。

右手を渓太郎のお腹の上に乗せたまま、顔は真正面を向き白い壁を凝視する。全身が硬直したようにピクリともしない。浅い呼吸だけがわずかに肩を揺らす。

（えっ……なにが起こったの？）

鋭利すぎる刃物の脆《もろ》さを秘めた私の不安は、どんな言葉のニュアンスさえも逃すまいと、すべての神経を医師の口元に集中させた。が、しかし固く閉ざされた口は一ミリ足りとも動かない。

（どうして、なにも言わないの⁉）

私は、今にも白衣の襟元を鷲づかみにして、問い質したい衝動に駆られていた。膨れ上がった感情が噴き出しそうになったそのとき、医師は渓太郎の元を離れた。

（えっ……どこへ行くの？）

なにがどうなっているのか、私は一人診察室に置いてきぼりにされた。

しばらくして戻った医師は、私が見えていないかのように目の前を通り過ぎて、机に向かった。そして、ため息にも似た呼吸を整えながらカルテを書き始めた。

近づくことも、声をかけることも、許さないといった雰囲気を醸《かも》した医師は、自分がしたためたカルテをじっと確認する。（なにを書いたの？ そこにはなんと書かれているの？）。医師の脇腹と腕の間にできた隙間から、カルテを盗み見ようとする私……。

診察室に入ってから、もうかれこれ小一時間は経っていた。

「お母さん」

（……ンッ）

「大変です」

（……大変？）

「渓太郎くんのお腹には腫瘍《しゅよう》があります」

（……腫瘍？　腫瘍って……）

ピンと張った糸がプツンと、音がして切れた気がした。

意識だけが宙に飛んだ。置き去りにされた体は感覚を失っているけれど、自分が〝蝋《ろう》人形〟のように固まっている自覚だけは、あった。後から考えると、これが「幽体離脱」という現象なのかもしれない。

私の意識はどこまでも離れて行く。もう再び体に戻れない距離まで遠ざかったら、魂の抜けた私（身体）は、棒切れのようにパタンと倒れてしまうだろう。

（このままでは、いけない！）。私は、これ以上の「現実逃避」にブレーキをかけ、事実を必死になって受け止めようとした。すると、はかない希望の選択肢が頭に浮かんだ。

（『腫瘍』って言われても『がん』と言われたわけじゃない。渓太郎のお腹の中にあるのは、単なる腫瘍……）

医師の声が、曖昧で根拠の薄い希望的観測を押し退けた。

「紹介状を書きますので、今から総合病院に向かってください」

避けようもない現実が突きつけられた。

「お母さん……大丈夫ですか？」

受付の女性の呼びかけが、自動ドアの開く機械音に混ざって聞こえた。〝蝋人形の呪い〟をかけられたみたいに腕や手首に力が入らず、ぎこちなく抱いた渓太郎からは、いつも感じていた生気に満ちた温もりも、甘ったるいお乳の匂いも、頬に当たる産毛の心地よい感触も……なにひとつ五感に響かない。

小児科病院の玄関を出ようとしている今の私には、それがどんなにいたわり深い言葉であったとしても、なんの慰めにもならなかった。

思い返せば、診察室での私は抜け殻同然だった。

私のこんな様子を目の当たりにした医師は、このお母さんに、赤ちゃんの深刻な病気をどう説明したらいいのか――戸惑っていたに違いない。

事実、その間、私の意識の中から渓太郎はスッポリ抜け落ちていた。

ベビーカーの散歩でさえ「乗る渓太郎」と「押す私」のわずかな距離感が許せなくて、抱っこするほど「溺愛」しているのに……。しかも、渓太郎の生死にかかわる重大事が起きている、その真っただ中で……。

だからこその〝出来事〟だったのかもしれないが、これが私の受けた衝撃の規模だった。

「……はい」

決して「大丈夫」なんかではない私は、無表情な返事を残した。

紹介された総合病院は、診察時間を過ぎていた。受付の奥にある事務室や診察室の扉の隙間からわずかな灯りが漏れているだけで、廊下の電灯は消されていた。小児科病院からの「紹介状」を握りしめた私は、それに構わず小児科の外来を目指した。

誰もいない殺風景な廊下に置かれた長椅子や植木、傘立てにマガジンラック、そして壁にかけられた風景画も、「大変ですね。どうぞ、どうぞ」と、言ってくれている気がした。

「中村さん。診察室に入ってください」

到着を待っていたかのように診察室のドアが開き、小児科医が私と渓太郎を招き入れた。そして、すぐさま「超音波検査をします。準備ができていますので、こちらに来てください」と促した。

あれこれ考える暇もなく案内された検査室―かつて、妊娠検診のたびにお腹の中で形づくられていく手や足、目、口などを確認して、私を幸せの絶頂に誘った超音波検診。今度は、生まれて間もない渓太郎に巣食う「腫瘍」を、映し出すことになるとは……天と地ほどの激変にめまいがした。

丸々とした渓太郎のお腹の中が、モノクロームの画像で浮かび上がった。顔を画面に近づけて食い入るように見つめていた医師は、小さくうなずいたあと真っすぐ私の方を向いて、こう言った。

「大変な……ことです」

これほど穏やかで単調に告げられた「大変」の言葉は、これまで聞いたことがなかった。だから、腫瘍は「良性」か「悪性」か――の判断基準しか持ち合わせていなかった私にとって、この「大変なことです」をどちらの意味に解釈すべきなのか、わからなくさせていた。

こんな私の目の前で、医師は淡々と画像の説明を始めた。

「これが右の腎臓ですが、腎臓のほぼ全部が腫瘍です」

(全部……って⁉)

頭の片隅にもなかった事態に、大きく吸い込んだ息がそのまま肺に留まった。

「これが左の腎臓です。これくらいの子だと、これが普通の大きさです」

そう言って、左右の腎臓の大きさを比較した。

「腫瘍は、直径八センチくらいはありそうです」

(八センチって……こんな小さな体に八センチ⁉)

私は勇気を出して、とても大切な質問をぶつけた。

「腫瘍って……『がん』ということですか?」

「はい。明らかに悪性です」

躊躇《ちゅうちょ》なく答えた医師の診断に逃げ場を失いつつも、最後の希望を求めた。

「渓太郎は、生きられるんですか?」

すると――。

「この映像からだと、たぶん『腎芽《じんが》細胞腫』だと思います。これだけでは、はっきりした判断はできませんが、そうだとしたら、ほとんどが助かります」

(助かる『がん』だ!)


つい先ほどまで、どん底にあった不安感に反比例して「救い上げられた」わずかな安堵感《あんどかん》が、広がって来ているのがわかった。しかし、深刻な病気である厳しさに変わりはないのだが……。

次なる検査へと先導されて移動中、息を切らせて駆けつけた夫と出会った。夫は(一体、なにが起きているんだ)と問うように、私と医師を交互に見やった。

「渓ちゃん……『がん』だって……」。私は、ひと言だけ告げた。

携帯電話など一般にはほとんど普及していない時代のこと、私が渓太郎の異変―おむつの血液に気づいてから、夫がこのことを知り病院に到着するまでの五時間余り。このタイムラグは、夫と私の心理的優劣に微妙な影響をもたらした。

乳飲み児を抱えて二つ病院を渡り、精神的に極限まで追いつめられてぎりぎりのところで耐え、踏み止まっている妻の「五時間余」への〝出遅れ感〟を、負い目として抱える夫――。

（『なぜ、病気に気がついたのか』『そのときの渓太郎はどんな様子だったのか』『どんな検査が行われたのか』『結果、どんながんなのか』……）山ほどある聞きたい疑問をグッと胸の奥に封じ込め、告げられた結果だけを受け取って唇を噛んだ。

ＣＴ（コンピュータ断層診断装置）検査が終わるのを、廊下の長椅子で待っている私たち夫婦は、対照的だった。引力に引っ張られるままに身動きしない思考停止の私。緊張感で思考がフル回転している夫は、落ち着きなく頭を前後左右に絶え間なく動かしている。

今度は夫と二人、診察室に呼ばれた。

「やはり、これは『腎芽細胞腫』でしょう。右の腎臓のほとんどに腫瘍が広がっています」

医師の診断は、最初に行った超音波の検査結果と変わらなかった。説明も心なしか親しみやすい口調になっていた。

「これを見ている限りでは、ほかの臓器への転移はないようです。肺やリンパもきれいなので転移はしていないようです」

急に首元に力が入り、（それなら！）と失った気力が戻った。

一日で「尿路感染」―「腫瘍」―「がん」―「腎芽細胞腫」と、そのつど心がかき乱され翻弄《ほんろう》された私は、再度、是が非でも確認しておかなければならないことがあった。

「じゃあ、渓太郎は生きられるんですね！」

母親の切なる願いを聞き届けるように、医師は言葉を続けた。

「腎臓はかなり独立しています。脂肪で厚く覆われている臓器ですので、悪いところを取って、抗がん剤を投与すれば良くなると思います」

「私が担当していた子も同じ病気でしたが、今は元気に保育園に通っていきます。渓太郎くんは転移もしていませんし、大丈夫だと思います」

もう病名など、どうでもよかった。

（渓太郎の病気は『死なないがん』。闘えば治る）

「よーし」。心のどこかで、ある決意が燃え上がった。

ホンモノの母親として、命懸けで渓太郎を守り抜く──私の〝戦闘モード〟のスイッチは、静かに「ＯＮ」された。

渓太郎を出産し、湧き上がる激しい愛おしさを（これが母性というものか）と妙に納得した。そして、なにも考えずに「かわいいねー、かわいいねー」と、ただただ溺愛してきた私は、なんと幼かったことか。

ここ数時間の出来事で、私には「強い母」になる決意が自然と芽生えた。例えるなら──草食動物が子どもを守るため、肉食動物に果敢に立ち向かう、そんな本当の信念と強さを持った母親像が、そこにあった。

だが、息子の身に起きている〝負の現実〟をいきなり突きつけられ、どう向き合うべきか考える猶予さえ与えられない夫が放った、たった一つの質問──「手術って、右の腎臓を丸ごと取るってことですよね？」が、私の胸に切なく響いた。

「はい。そうなると思います」

「でも、腎臓は二つあるので、一つ取ってしまっても大丈夫です。手術がうまくいけば後々、後遺症が出ることもほとんどないと思います」

私は、この医師の見解をポジティブに受け止めたが、現在進行中の事態すべてを把握しているわけではない夫は、当然ネガティブに捉えた。

私は、横にいて返事をしない夫の顔を覗き込みながら、励ますように同意を求めた。

「腎臓で良かったよね？」

「う、うん……」

夫は、私を見ようともせず、（そうは思えない）ことを言外に漂わせた。

闘病生活

四日後、渓太郎は「死なない『がん』」と闘うため、自宅から高速道路で一時間ほど離れた「長野県立こども病院」に入院した。

それは同時に、外部と隔絶された「腫瘍科病棟」での、私の二四時間付き添い看護生活が始まることを意味していた。また、それは取りも直さず、これまでまったく目を向けることのなかった「命」という真理と、真正面から向き合う日々の連続となった——。

二重に仕切られた扉を過ぎると、そこが腫瘍科病棟だった。看護師に案内されるまま後をついて、すれ違う人など誰もいないのに小さくお辞儀をしながら歩を進める私は、これから身を置く「非日常」にたじろぐ、まさに新参者だった。

「渓太郎くんが入院するお部屋になります」

入口から私の目に入ってきた個室は、仕切られたカーテン、その先の真ん中あたりにベッドが置かれ、奥には収納棚がついたテレビ台がある。そして、入口右手に小さな洗面台——。

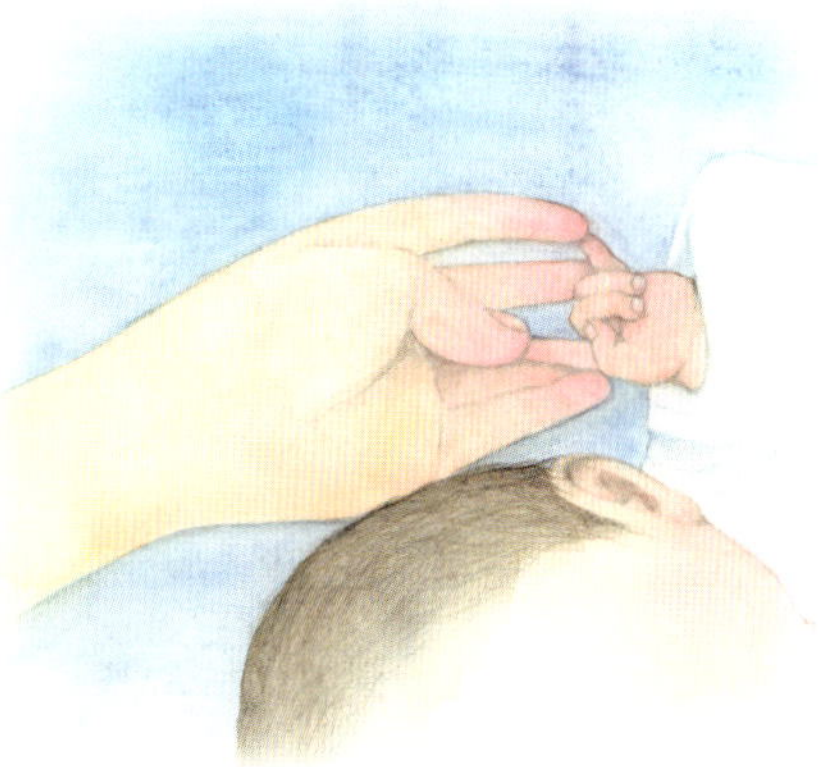

（今日から、ここで歯磨きをするんだ……）

すると、歯ブラシを手に鏡の前に立っている自分の後ろ姿が浮かんだ。

（ねえ、私、どんな顔している？）

生気を失った表情が見えた。急に不安の渦が巻き始めた。

ここに足を踏み入れた瞬間から、闘病生活が開始されたのだと実感した。その生活は、これまでの日常からはかけ離れた時間を刻み続ける。そして一分一秒の時間単位は、鉛のようにズシッと重く私にのしかかるのだろう。

戦闘モードを「ＯＮ」にして、「死なない『がん』」と闘いに来た強い母―決して、頭の中で描いた虚像ではない。が、闘病生活のスタートラインに立った私に必要なのは、「闘争」ではなく「忍耐」なのかもしれなかった。

（家に帰りたい。いつもの居間で、渓ちゃんと一緒にゴロンと寝転びたい）

心の中で必死に追い求める当たり前と思っていた普通の生活は、もう叶わない。そう、涙が突き上げてくるほど遠く、手の届かない過去へと押しやられたのだった。

この部屋に案内される途中で目にした中庭。サツキに囲まれるように置かれたベンチに拒否反応を示した私は、病気が見つかるまで、毎日通っていた大好きな公園を思い出していた。

(今ごろ、どうしているだろう)

またあの公園に「行きたい」というより、私の中で擬人化されたあのベンチに「会いたい」「触れたい」—恋しい気持ちが湧き上がった。

その反動なのか、やけに存在をアピールしてくる病院中庭のベンチを避けたい気持ちになっていたのだ。

(私には大切なベンチがあるの。それはいつも渓太郎と一緒に行っていた公園のベンチなの。そこに座って、いつも渓太郎とお話していたんだよ)

一方的に、悪者に仕立てた病院や中庭ベンチへの後ろめたさを覚えた私は、心の乱れを繕い始めた。今、私がいるのは腫瘍科病棟—

(公園のベンチや噴水、植木や池の鯉などが私たち親子の成長を見守ってくれたように、ここの中庭のベンチや腫瘍科病棟の扉、消毒液ボトルも靴箱も、ここにいる患者親子をみんなで見守り続けている。そして、今日からは私も仲間に入れてもらうんだ)

健康な子の母から、小児がんを患った子の母への〝転身〟を自らに求めた。しかし、これまで健康な渓太郎の母として四か月間を、大切に生きてきた私にとって、スムーズな転身などできるはずもない。

葛藤の中で生まれる新たな環境に対する無意識な抵抗が、随所で頭をもたげることになる。


入院当日、最初の訪問者がゆっくりとドアを開けて入って来た。若い女性医師を伴った腫瘍科部長の石井栄三郎先生だ。

「中村さん、主治医の先生を紹介します。渓太郎くんの治療を主にやってもらいます」

「これから渓太郎くんの主治医をさせていただきます。よろしくお願いします」

まだ二十代後半と思われる小林悟子先生が、緊張気味に深々と頭を下げた。

これからお世話になるのは渓太郎の方なのに……気持ちの上で、これ以上ないほどの挨拶を返した。

翌日、早速ＣＴとＭＲＩ（磁気共鳴画像診断装置）の検査。睡眠薬によって渓太郎は無抵抗で、検査を無事終えた。

次の日、検査結果を聞くため夫と一緒に面談室に向かった。

総合病院での検査から、まだ一週間とは経っていないことから私は、今後の治療手順について簡単な打ち合わせでもするような、軽い気持ちでいた。

（もう結果はわかっている。『腎芽細胞腫』という『死なないがん』でしょ。手術で右側の腎臓を取って、後は抗がん剤治療でしたよね）

互いにテーブルを挟んで座り、向かいには昨日挨拶に来てくれた石井、小林の両医師。だが、堅苦しい雰囲気に嫌な予感がした。

おもむろに口を開いた石井先生は、当たって欲しくなかった予感を冷静に的中させた。

「昨日の検査の結果ですが、リンパへの転移が認められました」

（転移⁉……そんな！）

これまで、いくら受け入れがたい診断でも、なんとか胸の内に収容してきた。だけど、今回だけは素早く鎧をまとった体が、その言葉の侵入を許さない。高ければ高い所から落下するボールは、より強く跳ね返るように、「ワーッ」と悲しみを伴った激情に駆られた。

「先生！　総合病院では、転移はないと言っていました。転移がないから治るだろうって……」

医師の診断を覆そうとしたが、最後まで続かない。

「この病院に来る間に転移した可能性が高いです。これほど短期間で転移してしまうということは、とても進行が速いということです」

（……そんな。たった五日間なのに……信じられない！）

これまで、ぎりぎりのところで気持ちを保っていられたのは「死なないがん」という〝蜘蛛の糸〟を、必死に掴んでいたからだ。

「先生、転移していても治るんですよね！」

だから……これは質問ではない。限界の淵に立たされた母親の叫びなのだ。だから……（『はい』と言ってください）。

「はっきりしたことは言えませんが『腎芽細胞腫』であれば治りやすい病気です。ただ、転移があることを考えると、そこまで安心はしていられないと思います。まずは腎臓の摘出手術を行って、はっきりとした病名がわかるのを待ちましょう」

石井先生は、私のような母親をどれだけ見てきたのだろうか。「はい」に近いニュアンスを残すことで、一縷の望みをつなぐ糸を断ち切るようなことはしなかった。「生きられる」保証を奪われたことで、私の「敵意」は初めて「がん細胞」に向いた。気持ちは、そのミクロの相手への憎悪でいっぱいになった。

渓太郎の体内から「がん細胞」を引きずり出して、赤い塊になったそいつらをぐちゃぐちゃに踏み潰してやる——。

秒速で何度も繰り返した妄想だが、苛立つ心を刺激するばかりで、最後には私が疲れ果てるだけだった。


さらに六日後。ひたすら待ち続けた——右腎摘出手術の日が、やっと来た。

ストレッチャーに乗って手術室に向かう渓太郎に、私がかけた言葉は「渓ちゃん、がんばってね‼」のひと言。

そのときの私の頭は「がん細胞の転移・増殖」という懸念で占拠されていた。

(この瞬間でさえ、増殖しているかもしれない)と考えると、わずか二秒足らずの励ましも惜しむほど、焦燥感《しょうそうかん》に駆られていた。

（お願い、早く！一刻も早く、病巣を引きずり出して!!）

苛立つ私をよそに、ストレッチャーはゆっくり手術室へと消えた。

まるで生中継でも見ているかのように、まさに今、行われている手術の様子が頭に浮かんだ。

丸々とした渓太郎のお腹にメスが入る……スッと引かれた跡をなぞるように、真っ赤な血の線が浮き上がる――。

（やめてっ!!）

「一刻も早く」と「やめて」――手術を巡る真逆の母性は、体を硬直させながら、肩や腕を小刻みに震えさせた。

――五時間後。

「えっ、ええ……渓ちゃん！」

私は、驚きと信じられなさで、拍子抜けするような叫び声を上げた。なんと、渓太郎はまるでお散歩から帰って来たかのように、なに食わぬ顔をして病室に現れた。

小林先生の腕の中で目をパッチリと開け、びっくりしている私に（お母さんどうしたの？）とでも言うように見ている。

私が抱いていた術後の先入観―酸素マスク、包帯、意識朦朧《もうろう》、消毒臭等々、いずれのイメージも当てはまらない〝普通〟の姿に、手術の成功を確認するより先に、思わず尋ねた。

「もう、普通に抱っこしていいんですか？」

「はい。もう普通に抱っこしてもらって大丈夫です。たぶん痛みもほとんどないと思いますす」と、にこやかに答えた後、小林先生は少しかしこまった口調で、もっとも大事な手術の成功を告げた。

「手術は無事成功しました。渓太郎くん、がんばりましたよ！」と。

右腎のほか転移が認められたリンパ節も、きれいに摘出したという。そして、私の胸に詰まったすべての「負の感情」も取り除かれた。

久し振りだった。肺いっぱいに空気を吸えたのは―。

真に「心が晴れる」ということを、初めて体感できた瞬間だった。

渓太郎の体に潜み、私が妄想の中で闘った「がん細胞」は、目の前にあるトレーに、その姿をさらしている。間もなく、病理検査によってその正体も明かされるだろう。

（どんな病気でもいい。ただ命だけ助かれば、それでいい……）

私たち夫婦が再び面談室に呼ばれたのは、手術から四日後のことだった。

そして、告げられた……

「渓太郎くんの余命は、三か月です」

（どうせ、いなくなるのに、どうしてこんな所に……）

いきなり、どん底に突き落とされた境遇を受け入れられない私は、悲しみの矛先を選《よ》りによって、温かい手を差し伸べていてくれる唯一の拠り所――ここ「こども病院」に向けていた。

つい先ほども、渓太郎と一緒に病院から逃げ出した幻想に陥っていた。

アニメにはじけるステキな少年

投薬治療が始まった渓太郎に付き添い、二四時間看護を続けていたこの日も、私はいつものように渓太郎のおしっこ量をチェックするために、使用済みのおむつを持って小児腫瘍病棟のナースステーションに向かっていた。

その途中、私はある〝出来事〟に〝遭遇〟した。

当時、私は悲しみの闇の中にあった。低い状態ながらエネルギーがネガティブに働き、何ごとにも関心が向くことはなかったのだが……

実はこのことが、私を闇からヒョイっと拾い上げてくれようとは、思いもしなかった。

精神的に追い詰められ、すべてがグレーに染まって見えていた私の瞳の左端にベッドから落ちそうな勢いで体を激しく揺さぶる男の子が、映り込んだ。

広い廊下に面した病室は、通称「おにいちゃん部屋」と呼ばれる四床の大部屋。そこにいた〝活発〟な男の子は小学生の低学年だろうか。

なんのことはない。ただテレビを見て笑い転げていただけなのだが、救いようもなく落ち込んでいた私の気持ちを混乱させるような衝撃的な光景だった。

よく見ると、画面には人気アニメの「ポケモン」。そのポケモンを見てお腹を抱え「キャー、キャー」と笑っている。かと思うと、今度はのけぞって大笑い。あぐらをかいていた足が前に崩れて、ひっくり返りそうになる――。

顔をくちゃくちゃにしながらテレビにかじりつく、快活そのものといった男の子は、普通ならとても似合うはずのジャージー姿ではなく、ベッドの上でパジャマを着ていた。

そう……「小児がん」の患者の一人だ。

この病棟には、仕切られた扉と扉の間で消毒しなければ入れない。しかも、親族でさえ面会が制限されるほど重篤《じゅうとく》で、難病を患う子どもたちばかりが入院している。それなのに、今私が見ている場面には、そんな深刻さの欠片《かけら》さえ映っていなかった。

絶望の淵で、高度な専門性と最先端医療に一縷《いちる》の望みを託してすがる自分の姿と比べ、あまりにも大きなギャップに、身も心も私のすべてがこの男の子に釘づけとなった。

（どうしてそんなに笑えるの！　君だって、学校にも行けないし、友達にも会えない。それに、家族と一緒に暮らすことだって、できないじゃない！　なのに、どうして……）

悲しみなのか、怒りなのか。それとも、同じ境遇にいながらまったく正反対の表情を見せる男の子への嫉妬なのか、寂しさなのか――。

そういえば、闘病中の子どもたちが、つないだ手を大きく振り楽しそうにスキップして、廊下を行ったり来たりしている姿は、これまでもよく目にしていた。そして、そのつど（どうして……この子たちは、どういう子なの？）と、心の中で苛立《いらだ》っていた気がする。

「どうして！」「どうして？」「どうして⁉」

混乱して溢れ出そうな涙をこらえると、私はなぜか、一緒に喉元がヒリヒリと痛みだす。誰にもぶつけることのできないやるせない感情を、胸の奥へと懸命に押し込めていた。

と、そんなとき左腕辺りになにかが触れた。ふわっとした感触に誘われて顔を向けると、薄いピンク色の制服が目の前にあった。

（看護師……さん）

そこにいたのは、看護副師長の赤堀明子さんだった。私の目を釘づけにしたあの少年の方を見たまま、並んで立っていた。

それと気づいた私は、気安さも手伝って無理やり抑え込んでいた感情が、悲しみを含んだ涙とともに口を衝《つ》いて飛び出していた。

「ねえっ。どうして？　どうしてあんなに楽しそうにしていられるの！」

コントロールが利かなくなって、金切り声を上げてしまった。

そんな私に物語を語り聞かせるように、穏やかに包み込むように、赤堀さんは話し始めた。

「お母さん。ここにいる子どもたちはね……ポケモンのアニメを一回見られただけでも、『今週もまた、ポケモンを見ることができた』って、感謝することができる子どもたちなんですよ」

「何週間かぶりにお散歩に行けば、『今日は、お散歩ができてうれしかった』って言ってくれるし、何日かぶりにお風呂に入れれば、『今日は、お風呂に

入れて気持ちよかった』ってね」

「普通にしていると、『当たり前』のひと言で終わってしまうこと一つひとつに感謝できるのが、この子どもたちなんですよ」

私は諭されている気持ちで、その話に耳を傾けた。そして、何度も同じ言葉を心の中でつぶやいた。

(『当たり前』と思っていることが、ここでは『当たり前』じゃなかった……)

さっきまで閉じ込めていた感情は、悲しみでも怒りでも、嫉妬や寂しさでもなかった。ただ、ただ暗闇しか見ない絶望感だけだった—と、気づいた。

(どんな境遇であっても、ここでこうしていること自体が『当たり前』なんかじゃない)


—恨みもした今現在を、愛おしく思う気持ちが芽生え始めていた。

私は、踵《きびす》を返した。

二重扉に背を向けて渓太郎の待つ病室へと駆け戻り、自分自身がつくり出した暗闇から渓太郎を救い出すため、すぐさま小さな体をギュッと抱き上げた。

「渓ちゃん、生きていてくれてありがとう。お母さんは、それだけで十分に幸せだよ！」

本当の（幸せの在り処）を、見つけた。

幸せが贈る「四つ葉のクローバー」

自宅から持って来た小説などの本が、ここぞとばかりに病室のロッカーの上に積み上がっている。が……読むためではない。

抗がん剤の副作用から体力が回復する、月に一度の「自由時間」。私たち親子が、閉じこもりきりの病室から解放される超貴重なひとときだ。

医師からの「許可」を合図に直ちに向かう決まった場所がある。ベビーカーを押して病棟の廊下を進み、病院の正面玄関を出て右に折れ、きれいに刈られた芝生エリアを抜ける。そこが、目指す目的地、私が名づけた「クローバー畑」。

（四つ葉のクローバーは幸せを運んで来る。数えきれないくらい見つけたら、渓太郎の病気は、きっと……治る）

祈りにも似た願いを知っているのか、隙間なく広がる深緑のクローバーが、いつも快く迎え入れてくれる。

幸せをもたらす──四つ葉のクローバー伝説なるものを信じて、宝探しでもするように（きっと……きっと……）と祈りながら、私は足もとを凝視する。

「あった！」

「渓ちゃん、ここにも！」

渓太郎が、ベビーカーから（ちょうだい！）という仕草で手を伸ばす。

「はい。四つ葉だよ」

小さな手のひらに握られたクローバーは、希望の光を灯してくれているようだ。

病室に持ち帰った四つ葉のクローバーを「押し葉」にした。新たな役割を得て存在し続ける押し葉は、あのときの私にとって「永遠」の象徴だった。

本の真ん中あたりに一本、二本、三本と並べて閉じた。また、別の本を開いては一本、二本、三本……と。

そうして、ベッド脇にあるロッカーの上には「押し葉標本」と化した本が何冊も積み上げられた。

それから数か月、私たち親子の自由時間はなくなり、クローバーを摘みに行けない月日が流れた。

そして……挟んだ四つ葉のクローバーが押し葉として〝永遠の姿〟に変わったころ、渓太郎は天国へと旅立った。

「渓ちゃん。もう病院は卒業だよ。お家に帰ろう」

寂しく退院の準備をする私は、ロッカーの上に手を伸ばし積まれた本を取ろうとした。そのとき、本の間から押し葉の四つ葉のクローバーが、ハラハラとこぼれ落ちた。

（私の願いは、叶わなかった……）

切ないつぶやきが呼んだのか、ニコニコしながらクローバーを握りしめた渓太郎の姿が、目の前に広がった〝心のスクリーン〟に現れた。

スクリーンの中で、ベビーカーの正面にしゃがむ私は、新しい四つ葉のクローバーをうれしそうに、渓太郎に手渡していた――。

（幸せが、四つ葉のクローバーを贈ってくれたんだ……）

数時間前に息を引き取り、今ベッドの上で眠るように横たわる渓太郎に目を向けた私は、わずか一歳と四か月の小さな体の中に、たくさんの幸せが詰め込まれていることを確信した。

四つ葉のクローバーの中に幸せを求めても見つからない。だって、幸せは私たちの心の中にあるものなのだから——。

足もとを見て……そこに〝幸せの奇跡〟

「お母さん、おはよう」

朝食の用意をしている私の背中に向かって「トン、トン、トン」の足音と一緒に、子どもたちの挨拶が階段を下りてくる。

亡くなった渓太郎の妹と弟の眠そうな顔に（今日もまた、起きて来てくれて、ありがとう）の感謝を込めて、私も「おはよう」と返す。

こうした日常の変わらぬ〝幸せの奇跡〟が、足もとにあることを気づかせてくれたのは、闘病生活だった。

世間から切り離された腫瘍科病棟の病室で巡らせた思いは—ちゃんと三度の食事がとれることや毎日お風呂に入れること。買い物に行ったり遊びに行ったり、太陽を浴びながら大空の下を自由に歩けることもみんな（本当は奇跡だったのだ）と……。

渓太郎との別れの後遺症が、私に教えた〝幸せの奇跡〟の数々――。

―月日の流れとともに「奇跡」が「当たり前」に戻っていく―それは、日常を取り戻したことによるある意味「幸せの損失」とも言えるのかもしれない。

―絶望的な悲しみに「小さな幸せ」の存在を教えられ―平穏な日々によって、「小さな幸せ」が隠れる（もちろん『日常の当り前』『平穏な日々』が、悪いはずはないけれど……）。

―「ある」「できる」「いる」が、当たり前の日々は、幸せが見えにくい―「ない」「できない」「いない」を知ったなら、探さなくても数え切れない幸せが、すぐそこで待っている。

今を捨てないで

『私たちのところに生まれて来てくれて、ありがとう。…………いつか、この日記を開いたときに自分が、こんなにもお父さんとお母さんに愛されて育ったことを、知るでしょう』

真っさらなページの最初に、母になれた喜びに震えながら私は我が子に、こう〝贈る言葉〟を綴った。

あれから二〇年―今、その「育児日記」を開いているのは、成人を迎えるはずだった〝主人公〟の渓太郎……ではなかった。

果てしなく広がる我が子の未来に夢を馳せ、かつて記した母から息子への覚悟と思慕のメッセージ。その一文字ひと文字をたどりながら、ピュアな幸せを素直に喜ぶ自分の姿に目を細めながらも、胸の奥にジーンと重くて低い切ない音が、底を這うように鈍く響いているのを感じていた。

すでに渓太郎の短い生涯すべて知っている今の私が、時間をさかのぼって育児日記を書いている当時の私を見る。

—横ですやすやと眠る渓太郎と、名前に一字をとった渓流のようにキラキラした人生を重ね合わせて、胸を躍らせ日記に向かっている。そんな当時の私に対して今の私が、悲しく寂しい皮肉を込めて、こんなことを言う。

(あなたは、なにも知らないんだもんね)って……。

幸せな筋書きで育児日記を嬉々として書いている私は、それでもいい。でも、主役を張る渓太郎の人生がもてあそばれているような嫌悪を感じる。あまりの残酷さに、身震いする。

(言えない！　未来のことなど、決して言えない!!)

もしも未来を知ってしまったら……。

ここにある幸せな「今」が、捨てられてしまうだろう。意識のすべてが、未来に向けられるから――。

準備されている「未来」は、「今」になってから味わえばいい。そうでなければ、本当の〝未来の味〟などわかるはずもないのだから。

大切なのは「今」を生きること――。

愛するもののために生きられる「幸せ」

「これからは、外泊を『許可』します」

私が闘病中に聞いた言葉で、もっとも切ない気持ちになったのは「余命三か月」でも、「悪性腫瘍」でも、「延命治療」でもない。このとき石井先生が〝最後のプレゼント〟を手渡すかのように優しく言った「許可」。

私が受け取った「許可」の言葉は、心の中でこんな意味に〝変換〟された――。

（これまで預かっていた渓太郎くんの『命』を、ご家族にお返しします）

この前日。MRI検査の画像を示しながら、いつもよりさらに丁寧に説明する先生の診断を、私もまた最大限の注意を払って耳を傾けていた。

「今まで、有効だと思われる薬はすべて使ってみましたが、どの薬も『がん』の進行を食いとめることは、できませんでした」

「これ以上、渓太郎くんに苦しい思いをさせて、治療を続けても、病気が治る可能性は……ほぼ『ゼロ』に近い状態です」

（『ゼ』……『ロ』⁉）

「今、治療をやめれば、まったく苦しむことなく、二週間くらいはお家で楽しく過ごすことが、できると思います」

「……お家に、帰りますか？」

（たった、二週間……。渓太郎が、いなくなってしまうなんて。そんなこと、絶対に許せない！　なにがなんでも！）

私は、とっさに叫んでいた。

「先生、治療してください！　ただ生きていれば、それでいいから、治療してください！」

躊躇などまったくなかった。（一緒にいたい）その一心……。

渓太郎の「延命治療」が決まった。

〝最後のプレゼント〟が届いたのは、その直後のことだった。

「これからは、白血球が低い状態でも外泊を『許可』します。後悔のないように、ご家族で幸せな時間を過ごしてください」

これまでの私は、月一度のペースで「許可」される外泊を、心待ちにする看護生活だった。(自由に食事がとれない)(お風呂に入れない)(足を伸ばして眠れない)―ないない尽くしの不自由極まりない生活から解放される夢の時間を、プレゼントしてくれたのが「外泊許可書」の、はずだった。

だが、今それを(突き返したい)衝動に襲われて、ようやくわかった。

これまで強いられていたとばかり思っていた「不自由な生活」こそ、実は私自身が望んでいたのではないのかと……。

―付き添い生活の中にあった「不自由」は、私にとって(渓太郎のためにできたこと)。

―逃げ場を閉ざされた中で発狂寸前、踏み止まれた「忍耐」は、私にとって(渓太郎のためならできたこと)。

それはどちらも、愛するもののために生きられる「幸せ」の連続だったのだ―といえる。

渓太郎が生きていたら――。

いたずらをして私を困らせただろう。時には、学校に呼び出されて先生に平あやまり……なんてこともあっただろうか。

宿題をしない渓太郎にイライラが募っただろう。「いいかげんにしないさい！」と、声を荒げたりしただろう。

反抗期には、どんな口を叩いただろう……か。

私は、こんな渓太郎の成長に悩む母親を体験してみたかった。

幸せを包む夢の土台

夕食の食材を買いに行ったスーパー。私の後から三歳ぐらいの男の子を抱いた母親が入って来た。

「よっこらしょ」。母親は男の子をカートに乗せ、ベビーカー兼用で野菜コーナーから店内を巡り始めた。私は目的の魚コーナーからお菓子コーナーへと回って行くと、先ほどの親子が目に入った。

「買って、お菓子、かってぇー」

陳列棚に並ぶカラフルな箱を指差しながら、カートの男の子が大きな声でせがむ。ダメだとわかると、今度は「降ろして、おろしてぇー」と、足を交互にバタつかせて暴れている。だが、母親はカートを反転させてお菓子コーナーから離れて行った。

（スーパーで渓太郎をカートに乗せて買い物することが、母親としての私のささやかな『夢』だった）

こんな思いを抱きほほ笑ましく眺めていた私は、いつしかこの親子に渓太郎と私をダブらせて、ある幻想を描いている自分に気づいた。

—お菓子をねだる渓太郎に「一個だけだよ」って私は、小さいころから母親に言われてきた言葉を、何十年か越しに得意げに復唱する。渓太郎をカートから降ろすと、「どれがいいかなー」と、ニコニコしながら最高の一個を探す、ふたり……。

渓太郎の意思表示、小さな反抗……。お母さんらしい言葉と行動……。私がお母さんであることを最も実感できると思っていたのが、こうした場面。

しかし、今となっては手の届かない、文字通りの「夢」になってしまった。

（渓ちゃん、ごめんね。カートに乗せてあげられなくて……）

頭の中に映る渓太郎のはじけるような笑顔が、鋭い刃となって私を切りつけた。

小さく開いた口で、細い呼吸を繰り返す渓太郎に、幾度となく切なさが込み上げた闘病生活。私の思い描く様々な「夢」が、「現実」によって崩されそうになるたびに、なんとか自分のもとに「夢」を引き寄せた。

「渓ちゃん。そばにいてくれて、ありがとね」

健気に生きる渓太郎の姿が、私の揺らぐ足もとを確かなものにするために、一生懸命〝幸せの土台〟を踏み固めていてくれた気がして、本当の〝幸せを包む夢〟が、思わず口を突いて出た。

「明日もそばにいてね。明日も一緒にお話しようね」

未来に光が当たることによって「今に希望が灯る」のではなく、今にしっかり光を当てることによって、「未来に希望が灯る」――それが、幸せを包む夢。

「子どもに先立たれる」ということ

当時、中学生の私は（そうか……子どもを亡くすのって、すごく辛いことなんだ）と、年齢相応の範囲内で想像力を働かせたことがある。

そのきっかけはテレビ番組なのだが、なぜか視覚より聴覚が強く刺激されて、こんな言葉に耳を奪われたから――。

「この世に存在する悲しみの中でもっとも深いのは、子どもに先立たれるということだ。子どもを亡くした親は、一生その子の年を数えながら生きていく」

もちろん、楽しいだけの中学生生活を送る私にとっては、しごく当然に他人ごとだった。自分とは別の世界――現実感のない知識としてだけ、頭の片隅に軽く記憶された。

それから一〇年――あのとき聞いた〝出来事〟が、自分の身に舞い降りた。私は最愛の息子・渓太郎を亡くした。

どうすれば（この世に存在する、もっとも深い悲しみ）から抜け出せるのか、もがいていた。

すると、ひと昔前に記憶したあの言葉が、突如として蘇った。

「子どもを亡くした親は、一生その子の年を数えながら生きていく」

（あのときの『もっとも深い悲しみ』が、これか……）

（私は、これから一生、もういない渓太郎の年を数えて生きるんだ……）

「他人ごと」として聞いた言葉と、今の自分を重ねると、亡霊のように生きる自分の未来が浮かんだ。


さらに二〇年──。

ようやく私は、あのときに聞いた言葉の本当の意味を理解した。

当時二十七歳だった私は、我が子を亡くした母となった。それは紛れもなく渓太郎が私に与えた立ち位置だ。そして私は、変わることのないその立ち位置で、二〇年の歳月を生きて来た。

今、渓太郎との闘病生活をこうした文章に綴り、そして語ることができているのも、この立ち位置のお陰なのだ。

私は、あのとき中学生として、頭の片隅に軽く記憶した〝知識〟を、三〇年ばかりの人生経験を経て〝智恵〟に変えたと思う。

それは――

「この世に存在する悲しみの中でもっとも深いのは、子どもに先立たれるということだ。『しかし、子どもを亡くした親は、一生その子と共に生きていける』」と、置き換えることができたから……。

私は、これからも命が続く限り、渓太郎と共に生きていけるのだ。

傷痕にともる心の灯り

「ちっちゃい歯……『ちょん』…『ちょん』」

母は、遠い昔を懐かしむように、左手の人差指を伸ばしリズムをとった「ちょん」の拍子に合わせて一つずつ、自分の右手甲に茶色く浮かぶ二つの小さな歯形に重ねた。

渓太郎は、この日も抗がん剤治療のため、ベッドにぐったりしていた。

お見舞いに来てこの様子を見た母は、「最初から決めていたのよ」とでも言うように、抱っこを諦めて静かに添い寝した。

肘枕の母は、空いた右手で名前をつぶやきながら頭をゆっくりとなで始めた。

愛おしさがストレートに伝わってくる光景……。

異変が起きたのは、そんなときだった。

母は右手を、とっさに渓太郎の口の中に突っ込んだ。

「渓ちゃん！　ばあちゃんの手を噛《か》みなさい！」と、何度も繰り返しながら……。

抗がん剤の副作用で、苦しそうに大きく息を吸い込んだと思ったら、歯を食いしばり始めたのだ。

母の脳裏に、私と電話で交わした数日前の会話がよぎったという。

「渓ちゃんに下の歯が生えたよ」

「じゃあ、次は上の歯だね」

母は瞬間、出番を待つ上の歯茎を守ろうとしたのだ。


今でも母は、伏し目がちに「ちっちゃい歯……『ちょん』…『ちょん』」と、すっかり増えた手の甲のシミにまぎれた歯形をなぞる。その指先には、隠しきれない寂しさが漂うけれど、（あのとき、渓太郎を守ったのは、私なの……）とでも言いたげに、どこか満足感を滲ませる。

母は、絶望の淵で渓太郎の未来を信じた「証」を、かつて噛《か》まれた傷痕《きずあと》に見ていた。

──どんな心の傷痕も、なにかを信じた心の証なのだ。

試練は、幸せの詰め合わせ

―渓太郎の打つ鼓動の一回一回が、どれほど貴重なものなのか。

―朝を迎えられることが、どれほど素晴らしいことなのか。

―一緒に生きている一分一秒が、どれほど奇跡的なことなのか。

それを私に教えてくれたのは、なんの前触れもなく訪れた過酷な現実だった。選択の余地など一切ない、ただ受け入れるしかなかった試練だ。


もし渓太郎を産む前に、小児がんだと気づいていたら……

別れが一年後に待ち受けている、と知っていたら……

我が子に抗がん剤を強いることになる、とわかっていたら……

そして、それらを背負うか、背負わないか―選択の余地があったとしたら……私は、きっと背負えなかった。

試練が、前触れもなく突然訪れたこと――に、感謝したい。
試練は、背負わされたものではなく――与えてもらったもの。
試練は、降りかかったのではなく――舞い降りて来てくれたもの。
試練とは――闇色の包装紙に包まれた幸せの詰め合わせ。

過酷な現実の中でしか獲得できない幸せがあり、つかめない喜びがある――。

多くの中のたったひとつ……

「命さえ助かれば、それでいいよね⁉」

「生きていてくれれば、それでいいよね⁉」

長野県立こども病院の腫瘍科病棟の廊下を歩きながら、私は夫に繰り返し同意を求め、同時に私自身にも言い聞かせた。

「うん。それだけで……いい」

息子・渓太郎の命を医師に預けるだけの無力感に苛《さいな》まれる夫は、力なくうなずいた。

四日前、五時間に及んだ手術で、がんに占領された渓太郎の右の腎臓と転移していたリンパがきれいに取り除かれた。そして、想像していた術後の悲惨さなど微塵も感じさせずに、渓太郎は元気いっぱいで私のもとに戻ってきた。

今日は、手術で摘出したがん細胞の病理検査結果の報告を、これから受けることになっている。

医師の待つ面談室の前まで来ると、夫は「フーッ」と大きく息を吐き、注意深くドアを開けた。

思い返せば、渓太郎のおむつについた血の塊を見つけてから半月余り。まさに「ジェットコースター」の例え通り〝天国と地獄〟を行ったり来たりの展開に翻弄された。

胸がつぶれる思いで駆け込んだ町の小児科医院で「尿路感染症」と診断され、ホッとしたのも束の間……帰り際に「念のため」行った触診で、お腹に腫瘍があることがわかり、紹介状を持って直ちに総合病院に向かった。

超音波とＣＴ検査の結果、右の腎臓にある腫瘍は悪性の「がん」と判明し、奈落の底に突き落とされた。が、「ほとんど助かる『腎芽細胞腫』で、転移もない」との見立てが、闇にさす一筋の光明となった。

救われた思いを実感しつつ、今ここにいるこども病院で「死なない『がん』」との闘病が始まったわけだが、事態は再び暗転する。転院するまでのわずか五日間でリンパに転移、増殖していたのだ。

そうこうして予断を許さない状況の中で、右腎全摘手術が行われ、成功した。そして、病理検査へと回っていた恐ろしく進行の速い「がん」の正体が、間もなく明かされようとしていた。

わずか半月余りとはいえ、変転きわまりない事態に身を置き、一種トラウマ状態にあった私は〝疑心暗鬼〟の塊だった。

「ンッ⁉」

「…………」

すでに、椅子に座って待っていた腫瘍科部長の石井栄三郎先生と主治医の小林悟子先生の伏し目がちに唇をぎゅっと結んだ表情を見た瞬間、(良くない！)と直観した私は、無意識に祈った。

(命さえ助かれば……、生きていられれば……それでいい)

私たちが席に着いてからも、しばらくは沈黙が続き、私はひたすら辛い宣告に備える〝緩和剤〟を唱えていた。

(命さえ助かればいい。命さえ助かれば……)

が、しかし、重い口を開いた石井先生が告げた内容は、私が頼った小手先の対処法ではどうにもならない、非情な結果だった。

「渓太郎くんの病気は非常に珍しい病気です」

「ほとんど症例もない珍しい種類の病気で、今まで東京近郊でも三例しかありません。発症例がないということは、治療方法も確立されていないということです」

「予後も非常に悪い腫瘍です。世界的に見ても、この病気で助かった例は一例もありません」

「一番長く生きた例で、発症から一年間です」

耐久力をはるかに超えた心は、一瞬にして空になった──。

(私は生きているの？……死んでいるの？)

(今いる場所は……現実世界じゃないよね？　夢の中だよね？)

(私は渓太郎を本当に産んだの？　私は……渓太郎のお母さん？)

脳の一部は辛うじて機能しているのか、酷《ひど》い結果を言われたことはなんとなく理解できている。だけど、不思議に悲しみとか、苦しみとかが生まれてこない。

心が消滅した……。

と、その間隙《かんげき》を突くように──

「渓太郎くんの余命は、あと『三か月』です」

打ちのめされた私を目がけて、止《とど》めの矢が放たれた。

一切の物音が消えたグレー一色の世界に、ふわふわと空気の一部になって漂った。決して悪くない感覚、いや、むしろ心地よい……。

私は意識を失いかけた。

……なにか遠い所で、ささやく声がする。次に、耳の奥で小さくこだました。

「け・い・た・ろ・う」

目の前の絶望から逃避していた私を現実に引き戻したのは、夫が息子にそっと向けた呼びかけだった。

意識が薄れる前と変わらず、椅子に座った状態のままで正気に返った。とたんに、自分の身を破壊してしまいそうな爆発的な発狂が私を襲った。

（ワァーッ　ヤダ！　ヤダ！　絶対にヤダーッ）

トランス状態に陥ったまま、助かる術を求めて思い浮かぶ言葉を手当たり次第、目の前の白衣にぶつけた。

「治療すれば治るんですよね！」

「渓太郎は死なないんですよね！」

「どんな方法でもいいから治してください。生きているだけでいいから!」

浴びせかける私の悲痛な訴えを石井、小林の両先生は、誠実にただじっと耐えるように、受け止めていた。


—世の中には、思い通りにならないことがある。

誰もが幼少期のうちに経験を通して「そういうものだな」と、なんとなく納得している〝条理〟みたいなものだが、私が初めてこのことを思い知ったのは、実に二十七歳のときだ。

信じられないほど遅かったわけだが、裏を返せばそれだけ世間の荒波にもまれることもなく、長らく平穏な生活を送れてきたということにほかならない。

だが、私のそんな平和で幸せだった時間は、いきなり途絶えた。それも何十倍、いや何百倍、何千倍の〝倍返し〟になって降りかかってきた。それは、我が子への〝不条理〟な「余命宣告」という形で……だった。

「子どもの願いを叶えることが最大の喜び」と、いうような母に育てられた私は、なんでも思い通りになる—と思い込んでいた。とはいっても、元々が大きなことを望むような性格ではなかった。このため、どこそこへ遊びに行きたいとか、あれが食べたいとか、これを習ってみたい程度のことで、どれも日常にありがちな普通の願い事だけに、叶えられないということは、まずなかった。両親も両親で「お前はどんなことでも、自分の望み通りにしちゃうよな」と、よく言っていた。しかも、誇らしそうに話すものだから、世間知らずの私自身、傲慢にも「思い通りに、願いは叶う」とうそぶき、逆境らしい逆境もないまま結婚、出産と、順調に今日まで来てしまっていた。

渓太郎の「余命宣告」までは……。

それでも、私は(自分の願いが通らない)ことを認めるわけにはいかないのだ。(だって、自分の命より大事な我が子の命がかかった『願い』なのだから)。

思い通りにならない事態に初めて直面した私は狼狽《ろうばい》し、これまでなら絶対に考えられない挙《きょ》に出る。

「渓太郎くんの余命は、三か月です」の宣告に、思いっ切りのエネルギーをもって「治して!」「助けて!」「生かして!」と執拗に迫り、なんの責任もない医師を悪者に仕立て上げた。

その果てに、私は〝最後通告〟した。

「もう、いいです。医療で治せないなら、私の愛情で治しますから！」

人に頼りっきりの私が示した初めての大きな決意だった。たくましい母としてはっきり、私は私の方法で「願い」を叶えてみせる―と、断言したのだ。

直後、それまでぎりぎり瞼で持ちこたえていた涙の泉が、瞳の奥で決壊した。

私を見守るようにしていた石井先生が口を開いて、こう励ましてくれた。

「お母さん、本当にそうです。僕たちにできることは、医療の力で渓太郎くんの命を守ることだけです。だけど、医療の力なんかよりも、お母さんの愛情の方が、ずっと、ずっと大きいんです」

思いがけず、石井先生が送ってくれたエールの応援歌に、決意は何倍にも強固になった。

（渓太郎は、私が守る！　そして、『願い』は叶う！）

この「決意」は、闘病生活が三五〇日で終わるまで揺らぐことはなかった。そして、その後の私を強く支える、よすがとなった。

生まれて来た目的は「生きる」こと

渓太郎の葬儀が終わった直後に、どこからともなく聞こえてきた――。

「なんのために……生まれて来たんだろうね」

「どうして、こんな病気になっちゃったんだろうね」

参列者にとってそれがどんなに哀惜の念からであっても、どん底の底にある母親の私にかけられる言葉ではない。

が、当然すぎるその声を少しばかり責めながらも、私は一人心の中で応えていた。

（そんなふうに思われても仕方ないよね。やっと、この世に生まれて来たと思ったら、あっという間に死んじゃったんだから……。おいしいご飯を食べたり、友達と遊んだり、どこかに出かけたりすることもないまま、ずっと病院にいて、こんなに小さな体に抗がん剤を打っていたなんて思えば……誰だって、そう感じるよね）

これが呼び水になってしまった。まったく同じ悔しい〝疑問〟を懐に隠し持っていた私自身が、こともあろうに渓太郎に向かって、それを吐き出した。

(渓ちゃん……本当に、なんのために生まれて来たの？)

(どうして、病気になっちゃったの？)

(どうして、お母さんより先に死んじゃったの？)

……いくら問いかけても額縁に納まった渓太郎は、いつも癒やされ、大好きだった笑顔をただただ変わらず私に向けるだけ……。

自分の人生を疑うでもなく、すべてを納得して受け入れているかのような屈託のないその表情に、かすかな苛立ちさえも湧いてきた。

闘病中は、一緒に朝を迎えるだけで〝安堵の喜び〟が込み上げた。

一回、一回の鼓動にさえ感謝の気持ちが生まれた。

抱っこしたときに感じる温もりが、私にとって世界一大切な宝物だった。

渓太郎だって、私と一緒にそんな幸せを感じていたに違いない――と、確信している。

が……。

生きた五〇〇日のうち三五〇日を苦痛に襲われていたことを考えれば、「苦しむために生まれて来たのかもしれない」という気持ちは、否めない。

もし、私が渓太郎だったら、この世は生き地獄、生まれてこなければよかった──と、正直思っただろう。

気がつけば、もっとも考えたくないことばかりに思いを巡らせていた……私。

ふと遺影に目を向けると渓太郎が、大人びた顔で「ハッ、ハッ、ハッ」って、声を上げて笑っているような気がした。

（ボクは、ただ生きるために生まれて来たんだよ）

無垢な渓太郎の言葉が聞こえたように思えた。

すると今度は、私の脳裏に、大きく目を見開いてキョロキョロと辺りを見渡す、産まれたばかりの渓太郎の姿が蘇った。

これから生きていく場所を確かめるように……。

（そう。あのとき渓ちゃんは『これからを生きる』号砲代わりに、大きな産声を上げたんだね）

「渓ちゃん、生まれて来てくれて……ありがとう」

私は、心から感謝した。

―誰もが「生きる」ことを目的に、生まれてくる。そして、一分、一秒を一生懸命に生きることで、誰もが大切な目的を果たしているのだ。

迷路の本当の出口

——「がんに効く」と言われれば、医師に内緒でキノコの粉末を与えた。

——「パワースポット」と呼ばれる神社仏閣を巡って、願かけをした。

毎晩、渓太郎のお腹に手を当てては祈り、「病気が治る」と聞いたことはなんでもやった。しかし、がん細胞は、その増殖を一向にとめることなく無抵抗の小さな体を蝕んだ。

（渓太郎のために、私はなんの役にも立てない……）

無力感に打ちひしがれ途方に暮れていたある日、病院の家族控室で食事をしていたときのことだ。同じ小児がんと闘うママが、愚痴を言うように話す内容に耳をそばだてた。

「アメリカは、医療技術がとっても進んでいるんだって。だけど……渡米するような資金はないよね」

（渡米……アメリカに行けば、もしかして渓太郎は生きられる!?）

心の導火線に火がついてしまった私は、控室を飛び出して公衆電話に向かった。かけた先は、実家の母──。

「ねえ、お母さん。今から病院に来て、付き添いを代わってほしいの！」

その日は、もともと見舞いに来る予定だった母は、これまで一度としてなかった「頼み事」をする私の〝緊迫〟した状態を察することもなく、「うん。今から出るところ。待っていてね」と〝普通〟に言って電話を切った。

それから二時間ほどが経って、病室に母が顔を見せたのと同時に、「ちょっと家に行ってくる」とだけ告げて、私は廊下に走り出た。


「アメリカは医療技術が進んでいる」の情報が、希望と一緒くたになって私の中で勝手に「アメリカに行けば、渓太郎は助かる」と飛躍。しかも、それは断定的な可能性を形作った。

アメリカに行けば、渓太郎は治る──の一念が、唐突すぎる私のとんでもない行動を肯定し、加速させた。

自宅に着いた私は、病院から車で一時間弱の行程を全く覚えていないほど、思いつめていた。その思いつめた事柄を実行に移すため、玄関に走り込み一気に階段を駆け上がった。

目指すものは、二階寝室の奥にあるウォークインクローゼットの中にあった。

生命保険証書──。

これまで、まさに「保険のための保険」だったに過ぎないただの一片の書類が、今や私の〝企て〟にとって、なくてはならない唯一無二のアイテムになっていた。

（自らの命と引き換えに、渓太郎をアメリカに渡らせたい）

私のはかりごとが成立するのかどうか、細かくぎっしり書き記された重要事項説明書の文字に、その可能性を探った。

（大丈夫、行かせられる……）

それだけ確認すると私は、迷路から抜け出すただ一つの出口を見つけた気分で、渓太郎の待つ病院にとんぼ返りした。

病院に着くころには、（渓ちゃん、泣いていないかなあ）と心配する、いつもと変わらない私に戻っていた。

病室へ急ぐ途中、廊下の向こうから来る石井先生が見えた。私は、挨拶もそこそこに計画を切り出した。

「ねえ先生。アメリカは医療技術が進んでいるんでしょ。渓太郎をアメリカに連れて行こうと思います」

間髪を入れず——

「お母さん。アメリカに行っても、渓太郎くんの病気は治りませんよ」

切なさを滲《にじ》ませながらも、石井先生は冷静に言った。

やっと見つけた出口だったのに、現実を真正面から受け止めていない甘さを、咎められた気がした。そして（私の命さえ、なんの役にも立たないのか）と、生きている自分自身を責めた。

私の欲しいものはただひとつ——渓太郎の「明日の命」……に、比べれば、これまでの〝物欲〟は、すべてガラクタだった。

命を大切に生きることって……

命を大切にしましょう――。

昔から言い習わされた言葉の軽重は、聞く人の体験によるところの差で、受け止めは大きく異なるだろう。

巷に溢れる「キャッチコピー」のひとつとしてスルーする人もいれば、言葉の重みに押し潰される人もいるだろう。

言うまでもなく私の場合は後者なのだが、加えて渓太郎を亡くして間もないころは、この言葉にいたく苦しめられた。

「あなたは、渓太郎の命を大切にできたの?」

「苦しませたりしなかった?」

「もっと命を大切にできたんじゃないの?」……等々。

まるで尋問されているかのような息苦しさを伴って、私を責め立てた。

その発端となった罪悪感は、渓太郎に強いてしまった「延命治療」に他ならなかった。

（一秒でも長く、一緒にいたい！）

その一心で、すでに限界にあった弱くて小さい体への抗がん剤投与を、母親の〝権限〟で即断した。

結果、激しい副作用に苦しむであろうことに目をつぶり、もう十分頑張ったのに「もっと、ガンバレ！」と、生きることを強要したということだ。

しかし、しかし……再びあの場面にタイムスリップしたとしても、私は、「延命治療をしますか？　しませんか？」の医師の問いに、やはり同じ決断をするに違いない。

（渓太郎と一緒に生きたい）という私の思いは、それほど強かったのだ。

渓太郎を亡くして三か月が過ぎたころ、私はふとした衝動に駆られ、それまで見ることができなかったアルバムを、思い切って開いた。

（人間って、こんなにも大量の涙をつくり出せるものなのか）と思うほど、瞳の泉に涙を湛えながらページをめくった。

それが、切なさや寂しさなどによるものならば、即座にこの手でバタンと音を立ててアルバムを閉じただろう。だけど、同時に湧き上がる愛おしさが、一度開いたアルバムを閉じることは許さなかった。

―病室で水浴びをしながら、カメラ目線でニコッ。

―私の腕の中で「ここがボクの居場所だよ」と、言わんばかりのドヤ顔。

―おとぎ話に出てくる馬車（ベビーカー）で、王子様気取りでふんぞり返る……。

ほとんどが、私の構えたカメラがインプットした〝生存の記憶〟だ。

久しぶりに出会えたアルバム内の渓太郎、その笑顔に思わず手が伸びる。

そっと頭をなでてみる……、小さな手を指でさすってみる……、頬っぺたを両手で包んでみた……。

なにをやっても体感のない平たい渓太郎に、私は悟らされた。

（もう、渓ちゃんは、本当にいないんだ……）と。

全部で五冊あるアルバムは、時系列に三冊目後半あたりから、渓太郎の表情に変化の兆しを写し始め、満面の笑みは次第に姿を消していく。

それは、延命治療が始まったころからだった。生きることで渓太郎が、私の願いを叶えてくれていたころと重なる。

まん丸なお腹にボンレスハムのような腕と足……愛嬌たっぷりの体形は見るからに細くなっている。それでも、そんな渓太郎を抱きしめる写真の私は、共に生きる幸せを全身で感じていた心をも写していた。

ようやく私は、延命治療を躊躇なく選択した答えを見つけた。

(そう、あのとき渓太郎の『命』に執着していたのではない。ただ、『命』を大切にして生きたいと願っていただけだ……)

私にはどうすることもできなかった五〇〇日の「命」と、最後まで幸せに生きた五〇〇日の「人生」が教えてくれた。

そこに〝いる〟だけでいい

意識がどんどん遠のいて、光の届かない暗くて深い宇宙に引き込まれるような感覚に陥ったのは、渓太郎が亡くなって三、四日経ったときだった。

「なんでいなくなっちゃったの！」

「どうして私より先に死んでしまったの！」

叫んでも、叫んでも、その声は闇の中に吸い込まれてしまって、どこにも響かない。なのに、返事の代わりに返ってきたのは、胸を突き刺す無情な光景だった。

灰になった渓太郎が納められた白木の箱、その前で笑いながら遺影になった渓太郎――（もう、いないんだよ。）、自分自身に思いこませようとしている私の小さくしぼんだ心では、仏壇の狭い空間につくられた、全く逆の渓太郎の〝姿〟を、到底受け入れられるはずもなかった。

（どうせ、もういないんだから、『生も死も』両方ともなかったことにすれば……いいんだ）

渓太郎の「生と死」の現実から必死になって逃避する心が、激しい痛みにあえぎながら求めた地獄の苦しみから抜け出す方法。

（生まれる前、渓太郎の存在はなかった。だから、今元に戻った。一年半前に戻ったと思えば、それでいい。元々いなかったんだから……）

しかしそれは、渓太郎の存在自体を消し去る道でもあった。

自分をだますための嘘にウソ、無理にムリを重ねた理屈ほど脆《もろ》いものはない。あっという間に崩壊してしまう。

「存在」を消そうと思えば思うほど、私の目の前に現れる渓太郎の面影は、あたかも走馬灯のように幸せな姿だけが、次から次へと映し出される。

「生まれる前」と「死んだ後」―どちらにも渓太郎はいない。

だけど、僅かであっても一年四か月の人生が残してくれた〝喜怒哀楽〟に始まる愛情や幸せなど数えきれない「生きた証」は、バーチャルリアリティーのゲーム世界ではあるまいし、消去などできない。もちろん、リセットも……。

「体温を感じたい」「声が聞きたい」「顔が見たい」「話がしたい」……五感が求めた渓太郎の「存在」。

温もりを感じた「安堵感」、うれしそうな声を聞いた「喜び」、笑顔を見たときの「ワクワク感」、話をしたつもりの会話の「楽しさ」……渓太郎が贈り続けた「心の幸せ」。

目に見えるものだけを追い求めたら、本当の幸せは見えにくい。

幸せの〝本籍地〟―それは「心」。

別れの悲しさ、避けないで……

「やめておこうよ。お別れするとき、悲しくなるから……」

私が小学生だったころのこと。「犬を飼いたい！」と言う私に、母親が優しく諭したその口調に、幼心にもの悲しさを感じた。

（そうか、お別れは悲しいもんね）

納得した私は、もうこれ以上、犬をねだることはしなかった。

あれから三〇年の歳月が経ち、今度は犬をせがまれる立場になった。

「お母さん。犬を飼いたい！」と、小学生になったばかりの娘が言い出した。

かつての自分と娘を重ねた私は、当時の母親にまねて同じ言葉を返した。

「お別れするときに悲しくなるから、やめておこう」

借りてきた言葉では、やはり説得力に欠けたのだろう。納得する様子はなく、「やだ！かわいいから、犬を飼いたい！」。

（かわいい……）に連鎖反応した私は、胸の内にしまっておいた渓太郎が、いきなり引っ張り出されたことに動揺し、つい言葉を荒げた。

「かわいいから、お別れのとき、余計に悲しくなるの‼」

渓太郎への愛おしさと、別れの痛みが積み重なって胸がいっぱいになった。

そのとき聞こえた「イヌ……かわいいのに」。隣でしょんぼりしていた娘がポツリつぶやいた何気ない言葉に、私の心の中にある矛盾を責められているような感覚が、疑問とともに激しく湧き上がってきた。

――かわいいから、それだけ別れが悲しい。だから、やめておこう――

（じゃあ、私は、あれだけ愛おしかった渓太郎と出会わなければよかった、ということになるの？）

（いや、違う、それは違う！）

自問自答する私は、即座に否定したが、胸が張り裂けそうだった。それは、犬を飼わない理由こそが、（渓太郎の命、生きていた時間）をすべて打ち消してしまうものだったからだ。

渓太郎を産んだとき、自分の中に、これほどの愛情があったのか――と、自身びっくりするほどの愛おしい気持ちは本物だった。闘病生活を含め一年と四か月は、どれほど尊い時間だったのか計り知れない。

（渓太郎と出会えて、本当によかった……）

それから間もなくして、我が家にミニチュア・ダックスフントの赤ちゃんがやって来た。


――私は、渓太郎を失ったのではない。

――私は、渓太郎に出会えたのだ。

別れの悲しみから目を逸らすより、出会えた奇跡に感謝したい。

自分の心をいじめないで

「先生、治療をしてください！」

「がんが治らなくてもいいです！」

「ただ生きているだけでいいから！」

とっさに叫んだ私の訴えで、渓太郎の「延命治療」が決まった。

入院から七か月が過ぎ、渓太郎が初めて迎える「誕生日」まで後ひと月というころ、私は生涯最大の選択を背負わされた。

この日、病室に顔を出した腫瘍科部長の石井栄三郎先生は、「きょう、ご主人は何時ごろ来ますか？」と尋ねた。渓太郎をいつも抱き上げあやしてくれる様子に変わりはなかった。が、なにかしらの不安を抱かせる空気感を漂わせていた。

渓太郎の抗がん剤治療は、すでに始まってから半年ほどになる。

当初一か月に一回の割合で行われていた抗がん剤の投与が、このころになると投与後の体力の回復ペースは、四〇日が五〇日になるといった具合に遅くなり、これに併せて投与間隔も開いてきていた。

最初見られた抗がん剤の治療効果も一時のことで、今では芳しくない。投与後に定期的に行うCTやMRI検査によっても、がん細胞は大きくなっていた。

「厳しいことを、話さなければいけません」

無念さを飲み込むように石井先生は、辛そうに言った。


面談室――。

仕事を終えて病院に来た夫と一緒に私は、先生方からの〝宣告〟を緊張して待っていた。

「もうこれ以上、渓太郎くんに苦しい思いをさせて治療を続けても、渓太郎くんの病気が治る可能性は、ほぼ『ゼロ』に近い状態です」

本当に申し訳ありません――というように、口を開いた石井先生は言葉をつないだ。

「今、治療をやめればまったく苦しむことなく、二週間くらいはお家で楽しく過ごすことができると思います」

「お家に帰られますか?」

(……二週間⁉)

夫が病院に来る時間を聞かれたときから、多少の厳しさは覚悟していたが、ここまでとは……私の予想をはるかに超えていた。

目の前に広がった七月のカレンダー。左端に赤く印刷された日曜日から右端の土曜日まで指でたどると、あっという間に一週間が終わった。同じように指を滑らせた次の週も、これまた端から端までがサッと過ぎた……二週間。

（テレビの連続ドラマなら、二話で完結してしまう）

震え上がらせる恐怖を〝気合〟で払い除けるかのように叫んだ私には、一瞬のためらいもなかった。

「先生、治療をしてください！　がんは治らなくてもいいです。渓太郎が……ただ生きているだけで、いいから！」

私は、即座に「延命治療」を選択したのだ。

直後に私は、先生ではなく、がん細胞を写す渓太郎の検査写真に、視線を固定させて微動だにしない夫に対し、（延命治療以外の選択肢などない！）との激しい〝母性の意志〟を、言葉に込めた。

「ねえ、家に帰ることなんてできないよね！　渓太郎が生きていてくれれば、それでいいよね！　健康な体にならなくたって、生きていてくれれば、それでいいよね！」

「……うん!?」

イイのかダメなのか―その意思すら感じさせず、ため息にオブラートされた返事が、曖昧に戻ってきただけだった。

だが、これを両親が決めた選択と理解したかのように、石井先生は大きく一回うなずいた。

そのうえで、今度は感情的（少なくても先生には、そう見えたのだろう）に躊躇なく決断した私の方を向いて、「延命治療」の〝厳粛な事実〟を説明し始めた。

「私たちも渓太郎くんに生きていてほしいです。あんなにかわいい渓太郎くんに、ずっと生きていてほしいです。だけど現代の医療でも限界があります。どうしても治せないこともあるんです」

医師としての無念さが、切ないほど伝わってきた。

「もし渓太郎くんに、これからも治療を続けるとしたら、それは『治すための治療』ではなくて、『延命のための治療』になります」

「その治療をすることで、命を落としてしまうことがあるかもしれませんが、それでも治療を続けますか？」

私はもう一度、意思の確認を促されているような気がした。しかし……

「続けてください。一《パーセント》の可能性がなかったとしても、〇・一《パーセント》や〇・〇一《パーセント》の奇跡を信じたいんです」

迷うことなく、私は、再びこう言い切った。

面談室を出た夫は、廊下の長椅子に座り込んだ。今さっき決めた「延命治療」の選択が、本当によかったのか、どうか―悩んでいた。

（これ以上、夫を苦しめたくない）という思いに駆られ、私は有無を言わせぬ口調で、こんなことを口走っていた。

「すべての責任を負うから、私に全部任せてほしいの！」

夫を見送り、病室に戻った私は、一人になって今まで経験したことのないような、胸のあたりにズシッと沈み込む、得体の知れない重圧を初めて感じた。

それは、言葉もなにも理解できない渓太郎に代わり、まさに運命を左右した「延命治療」を決断した、責任の重さ。さらに増して「母親の自分勝手な思いを押しつけた」後ろめたさから引き起こされた、罪の重さだった。

病気がわかったときから（一秒でも長く渓太郎と一緒にいたい。そのためなら私は『どんなことでもやる』）と、心に固く決めていた。

これを「母親の我」というなら、それでも一向に構わない。だけど「どんなことでもさせる」ことでは、なかったはずだった。

葛藤が、体中をグルグル走り回っていた——。

傍《そば》にいる渓太郎を直視することもできないまま、自分を呪う言葉が地獄の底から次々と噴き上がってきた。

（私は、鬼だ……。我が子が苦しむとわかっていながら、抗がん剤治療を強いてしまう鬼のような母親だ）

（もし私が、渓太郎だったら『もうやめてくれ』と言っただろう。『いい加減、ラクにさせて』と言っただろう）

心ここにあらずといった様子で、仕方なさそうにうなずいた夫の姿が蘇った。

（優しい夫は、『延命治療』なんてさせたくなかったはずだ。あの場に私がいなければきっと、渓太郎は『延命』を強いられることもなかったはずだ）

確か、石井先生も主治医の小林悟子先生も、渓太郎にとってなにが一番大切なのか「延命治療」をもふくめ、常に最良の方法を問い続けていてくれた。抗がん剤を投与し始めたころのことだ。石井先生は、カテーテルを「ＯＮ」に操作しながら「渓太郎くんの体に、こんな薬は入れたくないんだよね」と、ひとり言のようにつぶやいていた――。

その光景が頭を離れない。

今からでも取り消すことだってできるのに、そんな気持ちすらわずかでも持ち合わせていない私の、この苦悩は、どこから湧いてくるのだろうか？　治療という「延命を選んだ自分」ではなく、「鬼のような自分」になってしまった自身への絶望なのか？

私は、入院して二か月が経って渓太郎の病室が個室から替わり、新たに移った四人部屋で〝目撃〟したある母親のことを思い出し、いつしか自分と比較していた。

その母親は、私たちより一〇日遅れて同じ病室に入院して来た。渓太郎より一回りくらい大きな男の子を連れていたが、取り乱した様子でベッドに荷物を置くやいなや、ご主人に向かって涙声で激しく食ってかかった。

「『このまま、家に帰ります』って言ったのに……。どうせ、治療なんかしても助からないんだから……。『家で楽しく生きた方がいい』って言ったのに！ 治る確率が五〇％なんて、治るわけ、ないんだから！」

（治る確率が、半分もあるのに……）子どもを苦しめたくないと、自分の気持ちより子どものことを最優先に考え、治療を「拒否」して「家に帰ります」と、言える母親もいる。

なのに、私は……。

渓太郎を必死に守る強いお母さんは、我が子を〝餌食〟にする、どこまでも身勝手な〝鬼母〟に――きょう、姿を変えた気がした。

あとになってわかる本当の優しさ

「コン、コン」

病室のドアをノックする音が聞こえた。

（えっ、もう、そんな時間？）

渓太郎に〝延命〟を強要した自分に憤り、我が身を呪うような状態から、ふっと我に返った。

慌てて丸まった背中を伸ばして「はい」と、いつもと変わらない声を装い、ドアの向こうにいる看護師さんを迎えた。

「おじゃまします。渓太郎くんのお熱を計りに来ましたよー」

（あっ。今日の夜勤は、赤堀さんだ）

看護副師長の赤堀明子さんは、語尾のトーンが決まって上がる。だから、カーテン越しで姿が見えなくても、声を聞いただけでわかるし、気持ちが明るくなる。

私は以前、赤堀さんと〝奇怪〟なやり取りをしたことがある。


「ねえ、幽霊っていると思う?」

巡回に来た赤堀さんをつかまえて、出し抜けに突拍子もない質問を投げかけた。

今思えば「よくもまあ、そんなことを聞けたなあ」と、あきれるのだが、渓太郎に「余命宣告」がされている当時の私にとっては、しごく真面目で真剣な問題だった。

「人は死んだ後、どうなるの?」

「その先の世界はあるの? ないの?」

馬鹿げた質問と思われそうだが、どうしてもはっきりさせておきたかった。

「うん。いると思うよー」

尋ねた方がビックリするほどサラッと、あっけらかんと答えた赤堀さん。

「えー! 怖くないの?」

私は素っ頓狂な声を上げると、例の高めのトーンで鼻歌でも歌い出すかのように、明朗に答えた。

「怖いことなんてないよー。だって、元々が人間なんだから……幽霊になったって、なにも変わらないよー。それに、恨まれることはなにもしてないしねー」

その満面の笑顔は、細かいことを吹き飛ばす威力を持っていた。

（幽霊はどんな服装をしているのか）とか、（歩くことはできるのか）とか、さっきまで聞こうとしていた幽霊にはつきものの「?」など、もう、どうでもよくなった。

それよりうれしかったのは、渓太郎は死んでもちゃんと存在する。そして、生きている人間から、別の存在（それを『幽霊』というのかどうかは、わからないけれど……）に、ただ〝変身〟するだけなのだ、と。

「そっかー。そうだよね！」

この〝出来事〟から、それまで持っていた怖い幽霊のイメージは、ガラッと変わった。だからもう、幽霊についてあれこれ聞きたいことはないが、それに替わって、幽霊にお願い事が一つできた。

（どうせ出るなら、満面の笑顔でスキップしたり、ピースをしたりして、出て来てくれればいいのに……!?）

そんな私の幽霊観などはさておき、赤堀さんは最初から感づいていたのだと思う。

渓太郎は死んだらどうなるのだろうって、私が思いつめていることを、知っていた……はずだ。

だから、敢えてあっけらかんと、渓太郎は死んでも変わらず近くにいるんだよって、救いのメッセージを〝創作〟してくれたのだろう。

赤堀さんという看護師さんは、そういう人なのだ。


「おじゃまします。渓太郎くんのお熱を計りに来ましたよー」

赤堀さんは、渓太郎に向かってニコっと笑うと、軽快な足取りでベッドの脇までやって来た。

何時間もひとり遊びをしていた渓太郎は、「いい遊び相手を見つけた！」とばかりに、「キャッ、キャッ、キャッ」と声を上げて喜んだ。そんな渓太郎をさっと抱き上げると、おしゃべりを始めた。

「渓ちゃん！おりこうさんだねー」

「今日は、なにしていたのかなー」

（こんなにかわいがられている渓太郎に、私はなんていうことをしようとしているんだ。『延命治療』をすると知ったら、看護師さんたちは『かわいそう』と思うだろうか。『お家に帰してあげればいいのに』と思うだろうか……）

ナースステーションで、渓太郎の延命治療を話題にしている看護師さんたちの姿が頭に浮かんだ。

（やっぱり、私はひどい母親だ。なんと身勝手な母親なんだ）

自分がつくった闇の中で、さらに深く沈み込もうとしている私に「上がっておいで」と手招きしているような明るい声が耳に届いた。

「渓ちゃん、また来るねー」

はっとして眠りから覚めたように慌てて横を向く。（もう、診察が終わったんだ……）。赤堀さんが渓太郎の頭をなでていた。

「ありがとうございました」

「また来ますね」

（知っているのかも……。私が延命治療を選択したことを、赤堀さんは知っているかも……!?）

ドアに向かう足取りは、いつもよりゆっくりしているように感じる。それに、普段は脇に挟んでいるバインダーを胸に抱きかかえ、肩には心なしか力が入っている。そんな姿を見て、ある確信がよぎった。

（知っている！）

すでに病室を出て、廊下を行く後ろ姿に向かって叫んだ。

「ねえ、赤堀さーん！」

まるで予期していたようにサッと振り向くと、なにも言わず私の方に戻ってきてくれた。

「ねえ、延命治療してくださいって言っちゃった……。渓太郎が苦しむこと、わかっているのに、延命治療してくださいって……」

やっと話してくれたのねーというように、赤堀さんは私を真正面から見つめ、あまり見たことがない真剣な表情と、あまり聞いた覚えのない硬い声ではっきりと、こう言ってくれた。

「お母さん！　どんな選択をしたとしても、絶対に後悔するの。大切な人が亡くなって、後悔しない人なんていないのよ。だから、お母さんのした選択に間違いなんてないの！」

どんな選択をしても、後悔する……。

決定的な答えだった。

いくら自分を責めてみても、呪ってみても、延命治療の選択を変えることはしない。

私に必要なのは、後悔する確固たる「覚悟」だ。

(私は必ず後悔する。後悔することをわかった上で延命治療させる)

覚悟を決めた。未来の自分が後悔し続けることに対する覚悟が━。


それから四か月後。渓太郎は、一人天国へと旅立った。

〝生存率ゼロ〟の中で「延命治療をしなければ二週間」と言われた渓太郎の「命」が、周りにいる者にとっても痛ましい治療に耐えてくれたお陰で、四か月も一緒に生きる時間を、私にプレゼントしてくれた。

(がんばってくれて……ありがとね)。でも、(苦しかったね……ごめんね)という気持ちが、寄せては返す波のように交互にやってくる。

しかし、(後悔の念)は、いつまで経っても現れないだろう。

それが、どうしてなのか━うまく説明できないけれど、あのとき「覚悟」して「後悔」を先取りしておいたからのように思える。

本当の優しさとは、その人の今を救うことではなく、その人の未来の幸せを願うことなのかもしれない。

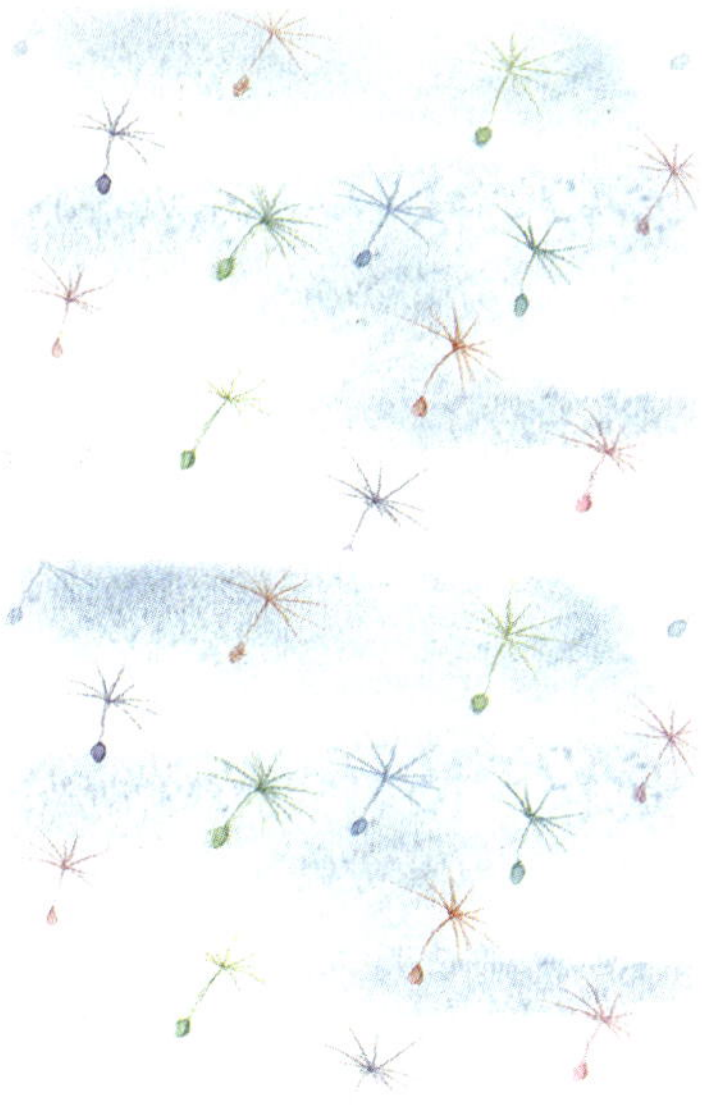

その涙の本当の理由（わけ）

「私、子どものことが、かわいいと思えないんです」と、私の前の椅子に座るやいやな、いきなり切り出したその人は、二人の子どもを持つお母さん。

涙が太ももにポタポタとこぼれ落ちるのも構わず途切れ、途切れに話したこととは―日常的に子どもを怒鳴ってしまうことや、頭ごなしに否定することばかりを言ってしまうこと。それが原因で、子どもが萎縮している、というような数々……。

「どうしても、相談したいことがある」と言われ、話を聞いていた私は、「そうか……。かわいいと思えないことが辛いんだね」とは、言ってみたものの（『かわいいと思えない』ことと『流す涙』）が、子どもに対する母親の感情として、私にはどうしても結びつかない。

喉に物がつかえたような、どこかスッキリしないものを抱えたまま、素直に尋ねた。

「どうして、そんなに涙が流れるんだろうね？」

するとと、うつむきながら話していたお母さんは、「キッ」という感じで急に顔を上げて（中村さん、なにを言っているの？）とでも言いたげな表情で――

「だって、自分の子どもは大切でしょ！」と。

そのお母さんの豹変ぶりに、ちょっとたじろいだ私は、オウム返しで同調気味に言った。

「そっか！　お子さんのことが大切なんですね」

すると――

「えっ。私、今そう言いましたよね？『子どものことが大切』って……」

「あ、はい。そうみたいです」

「あれっ!?」

思いもよらずに口から飛び出した自分の言葉に、自身が一番驚いてから「はっ」と、なにかに気がついたようだった。

子どもに辛く当たってしまうことが悲しくて、強すぎる〝自責の念〟のその陰にひっそりとしていた〝愛情〟が見えなかった。

それが、他人に自分をさらけ出すことによって、隠れていた愛情がひょっこりと顔を出したのだ。

お母さんは、照れた仕草で美しい涙を無造作に拭《ぬぐ》って、恥ずかしそうに微笑んだ。

悲しみと愛情は、いつだって表裏一体ー。悲しみの裏には、必ずそれだけの愛情があるものなのだ。

渓太郎の死が、このことを私に教えた。

我が子を亡くした悲しみは、日に日に深くなる一方で、抑えの利かない情念を呪った。

「なんでこんなに悲しいんだ！　もう、どうしたらいいんだ‼」

しばらくすると、今度は激しい愛おしさが襲いかかってくる。

「渓ちゃん、会いたいよぉー。抱っこがしたいよー」

右から左から交互に押し寄せる波が、合流してひとつになったときに私は、生涯消えない渓太郎への「愛と悲しみ」を手中にした。

（渓太郎のことが大好きだから、悲しいんだ。だって、この悲しみは渓太郎を愛している証だから……）

こころの平和を願って

渓太郎の腕を握りながら、五か月前の同じ場面を思い出す——。

「渓ちゃんの腕、ぷにょぷにょしていて気持ちいい——」

太った腕をギュッと握ると、まるでパンパンに空気が詰まった風船を握ったときのように、私の指をはね返す。それは私にとって、小さな体の中に宿る「生きる力」そのものだった。

(この腕の中に詰まっている、細胞の一つひとつが生まれたて！ 元気なわけだよ！)

渓太郎の腕をギュッと握ったあと、感触が消えないうちに自分の腕を握って比べてみる。

(同じ腕とは思えないな！)

「当然だよ」と苦笑しながら、渓太郎と自分の腕を見比べて、遊び心満載で二人の年の差――二六年先の未来を辿ってみたりした。

(渓太郎のぷにょぷにょ腕も、筋肉隆々になっているんだろうな……そして、いつかは、お母さんみたいな腕になるんだね)

ぷにょぷにょ感を記憶した私の指先が、棒のように細く様変わりした渓太郎の腕の感触に困惑している。自然に(ごめんね)と心の中であやまる。

(これが、渓太郎に与えてきた苦しみの量なんだ……)

母親の特権とばかりに、「延命治療」を選択した責任の重さを思い知る。

(もうこれ以上、渓太郎を苦しませたくない)

それは、疑いようのない確かな気持ちだけれど、他方で治療をやめる選択肢などどこにもなかった。きれいごとを言っている自分が嫌になる。

「渓太郎を苦しませたくない」という気持ちと、「失いたくない」という気持ちを天秤にかけたら……天秤棒は、揺れる間もなく「失いたくない」の方に傾く。

小さな体に顔を埋めて、(渓ちゃん、ごめん、ごめん……)と、心の中で何度も何度もあやまる。

いくらあやまってみても、最後はいつも、自分勝手な思いで終わる。

そう、私は渓太郎を「失いたくない」のではなくて、渓太郎と「一緒に生きたい」んだ。「延命治療」を決めたとき、「渓太郎に嫌われてもいい。恨まれてもいい。それでも一緒に生きたい」と、願ったのは事実。

さらにいうと、渓太郎の母として失格とみなされ、その立場を奪われたとしても、それでも一緒に生きたかった。それは、渓太郎を失ったとしても一緒に生きたい――と、いうことなのだ。

「渓太郎の命への執着心から、わが子を苦しめる母」ではなく、「渓太郎と一緒に生きたくて、我が子に苦しい思いをさせてしまっている未熟な母」なのだと悟った。

「渓ちゃん、一緒にいたい……」

そうつぶやくことが〝免罪符〟のように、延命治療のカードを選んだ自分を責める気持ちが和らぐ。

願いや祈りに込められた選択は、ただ真っすぐにその思いに向かって希望となる。

私たちの闘病生活は、がんに負けないために「闘った時間」ではなく、これからも幸せに生きるために過ごした「祈りの時間」だった。

心の中に封印した「ごめん……」

渓太郎の二四時間付き添い看護を決めたとき、私はひとつの誓いを立てた―。

「闘病中、なにがあっても絶対に、渓太郎に対して『ごめん』とは言わない」

(渓ちゃん、苦しませて、ごめん……)

(健康な体に生んであげられなくて、ごめん……)

(代わってあげられなくて、ごめん……)

不意に口を突くこんな言葉を私は、何度のみ込んだだろう。言いたくても言えない思いが膨れ上がって、息をするスペースもないくらい胸の中がパンパンになっても、私は、決してその誓いを破らなかった。

「ごめん」は、渓太郎を愛している証―なのだけど、もしも私が罪悪感を口にしてしまったら、渓太郎はきっと「お母さん、悲しませて『ごめんね』」と思うだろう。それが怖くて、怖くて仕方がなかった……から、「ごめんね」は心の中だけに留めることにした。

（だったら、罪悪感より愛を伝えよう）

開き直りにも似た気持ちで私は、ストレートに「愛を伝える子守唄」をつくった。

「渓ちゃん、渓ちゃん、大好きよ。渓ちゃん、渓ちゃん、かわいいね」

「渓ちゃん、渓ちゃん、大好きよ。渓ちゃん、渓ちゃん、かわいいね」

一日、何十回といわず何百回も繰り返した。

今でも私は、気がつけば時々この唄を口ずさんでいる。悲しみの奥にある愛が、心を温めて続けていてくれる。

―渓ちゃん、渓ちゃん、大好きよ……渓ちゃん、渓ちゃん、かわいいねー。

自分を責めることで欲しかったもの

自分の中に―（責める自分）と（責められる自分）が、同居していることに気づいたのは、友人と話しているときだった。

「酷《ひど》いことをしてしまった……」

久しぶりに会った二児の母でもあるその彼女が、涙声で打ち明けるように話したところによると、些《さ》細《さい》なことから、つい自分の「子どもに手を上げてしまった」のだという。

そして、罪の呵責《かしゃく》から「自分が許せない……」「自分が嫌い……」と、自己嫌悪に陥っていた。

子どもを育てる過程でなら、どこにでもあるような話だが、彼女の深刻な様子を目の前にして私は、なんと声をかけたらいいのか、わからなかった。

そんな戸惑いの中で、言葉を探して頭を巡らせていると……彼女に自分の姿を見た気がした。

（あっ、あのときの私だ！）

渓太郎に「治すための治療」ではなく「延命するだけの治療」を強いた自分に、「私はなんてひどいヤツなんだ」「私は鬼のような母親だ」と罵声《ばせい》を浴びせ、そして懺悔《ざんげ》していた。

（渓ちゃん、ごめん……　渓ちゃん、ごめん……）

絶対、口には出さないと誓った言葉を、心の中で繰り返す私に抱っこされた渓太郎は、（ここがボクの居場所だよ）とでもいうように、胸元に頬をピッタっと寄せていた。

（渓太郎は、いつも私のことを好きでいてくれる）

（渓太郎は、私を恨んでも、憎んでもいない）

自分を責めているのは（渓太郎ではなく私自身）だった、ことに思い至った。

私の中に存在する（責める自分）と（責められる自分）―この〝二人〟のせめぎ合いを終わらせようと思った。

（責められる自分）は、慰めるように言う――
「私を責めるしかなかったんだね」
（責める自分）が、いたわるように言った――
「それでも、渓ちゃんと一緒にいたかったんだね」

――私が、私のことをわかってあげること。

こんな「誇り!?」も、あっていい……

「渓ちゃん、お母さんって……なにをしてあげられたのかな?」
額縁の中でニコニコと笑う渓太郎の遺影に問いかける。
(ボクは幸せだったんだよ)
そのとっておきの笑顔は、こう答えてくれているように見える。
けれど、今私が一番欲しいのは……
「自分自身を納得させられる理由」だ。

母親になった直後、私は「渓流」から一字をとって名づけたように、渓太郎を自然の中でいっぱい外遊びを楽しませるための、ある「構想」を練った。
「構想」とはいっても、「夢」というほどは大きくなくて、「予定」を立てるというほど小さくはない。つまり、それを確実に与えることができて、心がはじけるくらいにワクワクする〝幸せな未来の時間〟のことだ。

（冬になったら……ソリ遊びにかまくらづくり。春の訪れには……欠かせない定番のお花見。一歳になる夏には……カブトムシを獲ったり、川で魚を釣ったりする。秋がやって来たら……）ってな、具合。

日常と非日常の境界あたりにあるようなことだけれど、すべてが渓太郎を中心に回っていた当時の私にとって、地球全体が渓太郎の遊び場だった。

空に向けて思いっきり両手を伸ばした渓太郎が、「わーい！　楽しい！」と叫びながら地球の淵を走り回っている、そんな空想の世界がリアルに思い描けていた。

そう、昔読んだ童話「星の王子さま」の星だか、地球だかの上に立つ王子さまのイメージ……。

渓太郎を抱っこしながら向かう公園までの道のりは、私にとって「地球のお散歩」だった。お昼寝布団に眠る渓太郎は、私にとって「地球の上に眠る渓太郎」。――渓太郎は、さしずめ「星の王子さま」ならぬ「地球の王子さま」なのだ。

しかし、入院を境に地球規模の遊び場は一気に縮小された。電子顕微鏡を使って探さなければならないくらいに……。

病院も地球上に建っていることに変わりはないのだけれど、隅から隅まで歩いても一〇歩足らずの狭い病室に、閉じ込められてしまったわけだから……。

私という、たった一人の忠臣がかしずく「病室の王子さま」―私は自虐的になっていた。

ワクワクしながら練った「構想」は、実現不可能どころか夢見ることさえできない、単なる幻想になってしまった。

それでも、たった一人の忠臣は、電子顕微鏡のミクロの世界で、王子のために精一杯のことをした。

―いつでも抱っこをして、片時も離れずにいた。

―毎晩、王子が眠りに就くまで子守唄を歌い続けた。

―お風呂場に行けない王子のために、病室に洗面器を持ち込んで入浴させた。

―「端午の節句」には、新聞紙で折った兜を頭に載せて祝った。

これ以上ないというくらいに注いだ愛情は、しかし、ささやかだった。

(それくらいしか、できなかった……)

仏壇に納まる満面笑みの渓太郎の前で、キリキリと痛む胸に膝を抱え込み、ギュッと閉じた目頭を押しつけた。拭えない涙をスカートが吸い込んだ。

しばらくすると、思考がどのような回路をたどったのかは不明だけれど、心の声が無意識にこぼれた。

「よかった……。渓太郎は、この痛みを経験せずに旅立ったんだから……」

世の習いからすれば、息子の渓太郎が親の私を先に見送る順番なのだが、その悲しみを味わわせずに済んだ。

(死別の悲しみを、私が請け負った)

〝逆縁の悲しみ〟の中から生まれた、かすかな安堵感――母親としての「誇り」を見つけた。

「王子さまに代わって、私がその悲しみを引き受けます!」

優しすぎる「いのちの時間」

私は、誰にすがっているんだろう……。

廊下の蛍光灯からの冷めたような光に浮かぶ天井を、ボーっと眺めながらつぶやいた（お願い……　少しでもいいから良くなっていて……）の言葉が、力なく心の淵からこぼれる。

心から（すがる思い）が、掃き出された―。

これが「願い」や「祈り」でないことは確かだ。だって、抗がん剤治療を始めてから一度として、「願い」や「祈り」が叶ったことはないし、いくら思いを込めても、ことごとくはじかれてきたのだから……。

（きっと、また、どこかに『転移』しているに決まっている）

裏切られ続け投げやりになっていた、もう一人の私が言った。

あえて「もう、なにも信じない」とうそぶいて、傷ついた心をかばうしかない自分の姿を映している。

両方の目尻から、涙が分水嶺のように分かれて枕に流れた。

（こんなことを考えていても、もう結果は出ているんだ。私が知らないだけで……）

一睡もしないまま、朝を迎えた。

数日前に投与した抗がん剤の効果が――「あった」のか、「なかった」のか。

結果が、知らされるのは午後だ。

（きっと、また……転移しているにちがいない）

傷ついた心をかばう自分が、今度は「期待」を蹴《け》散《ち》らして登場した。数時間後に襲って来るかもしれない「恐怖」に備える防衛線を張るために――。

わずかな「期待」も、自分の身を滅ぼしかねない凶器となる。これまで幾度となく、（きっと、今回こそは……）の「願い」「祈り」が、自分の心を切り裂いてきたのだ。

「数時間後には、先生が私を呼びに来る」。そう思うと、居ても立ってもいられなくなった私は、耐えきれず「散歩」に言葉を変えた「逃避」へと、渓太郎を連れ出した。

自分では葬ったはずの〝心の破壊〟に導く「期待」が、またぞろ頭をもたげて来るのを警戒して、ベビーカーに乗せた渓太郎に向かってひたすらしゃべり続けた。

「渓ちゃん。廊下は気持ちがいいねー」

「お散歩、お散歩、楽しいねー」

でも、渓太郎は、気を紛らわすためだけに話しかける空っぽな言葉なんかには、見向きもしなかった。

そして、はなから行く先を決めていたわけでもない私は、腫瘍科病棟の扉を抜けて廊下に出たところで(右か左か、どっちに行こうか……)迷ってしまった。

右に進むと、外来患者が大勢いる病院の正面玄関に出る。今でさえ、ざわざわと落ち着きのない心の内に、これ以上の喧騒を持ち込みたくない。加えて玄関の向こうには、あるはずもない退院（元気な姿で……）を悲しく連想させる駐車場が、ほぼ満車状態で広がっている。

私は、左に曲がることにした。

「渓ちゃん、左に行こう！　お散歩うれしいねー」

無理やり明るい声を出して不安をかき消そうとすればするほど、頑張っている自分が惨めになる。瞼ギリギリに溜まっている涙がこぼれないように、少しあごを上げて歩いた。

「あっ……」。

右か左か──迷って左を選択したときに気づくべきだった。廊下の先にあるドアに張られた「検査室」の表示が、滲んで見えた。ベビーカーのハンドルを握る手に自然と力が入った。

(今ごろ、あの部屋の中で先生は、結果が出た検査データを精査しているはずだ……)

心臓を締め上げるような緊張感がせり上がってきた。

もうこれ以上先には進めない。だからといって、病室にも戻れない。ならば、この場所に留まろうと決めた私は、廊下の曲がり角にある休憩スペースの椅子に腰かけた。

私と向かい合わせに渓太郎がいるというのに、先ほどのようなカラ元気さえ出せなかった。現実に逃げ道をふさがれたベビーカーを、意味もなくゆらゆらと揺らしていた。

そんなとき、検査室のドアが開いた。

予想していなかったわけではないが、理由もなく（あっ、マズイ！）と思った瞬間、私は慌てふためいて反射的に立ち上がり、その場から逃げるようにビーカーを回転させた。

「悪い結果を聞かせるわけにはいかないよ」って、細胞の一つひとつがチームワークで、「私」という個体を守ろうとしているかのような反応だった。

しかし――

「お母さーん！　お母さーん！」

（見つかった……）

隠れん坊をしていたわけではないが、なぜか観念した気持ちになって立ち止まる私たちに向かって、主治医の小林悟子先生が、右手に持った紙をパタパタと振り回しながら走って来た。

「ハア、ハア、ハア」と、息を切らせて目の前まで来ると、待ちきれないという様子で、荒い息遣いのまま途切れ、途切れに――

「小さく……なって……ました」

「……小さく？」

「うん。結果……。渓ちゃんの……腫瘍……半分くらいに」

「えっ！　ほんと？」

実感を置いてきぼりにしたまま、緊張感で占拠されていた体は安堵感によって解放され、歓喜が一斉に沸き上がった。

「また大きくなっているかもって、思っていたの……。よかった!!」

「うわぁー」と、叫びたい気持ちに、地べたにへたり込みたい脱力感が、心地よく混ざり合った。

「私も本当は、怖かった……」

小林先生は、これまで素振りさえ見せなかった〝弱み〟を、初めてあらわにした。

「先生……。本当にありがとう」

私が感謝を告げると、「お礼なんか」とでも言うように、サッとしゃがみ込んで、ベビーカーの渓太郎の両手をそっと包み込んだ。そして……

「先生じゃないよね。先生じゃなくて、渓ちゃんが頑張ったんだよね。渓ちゃん、ありがとう」

先生の涙声を、渓太郎は手足をバタつかせてかき消した。トレードマークの満面笑みを披露して、思いっ切りの甘えポーズで両手を伸ばし、抱っこをせがんだ。

「ご褒美《ほうび》をちょうだい」とでも言うように……。

がんの縮小が確認できたのは、このときが「最初で最後」となった——。

その後の渓太郎は「余命宣告」のとおり、どんどんと腫瘍に蝕まれていった。

そんな中でも、なにがなんでも……なんとか奇跡を見いだそうとした。

(生きていれば、新薬の開発や画期的な手術の方法が出てくるかもしれない。だって、医療の世界は日進月歩だから。生きてさえいれば、いずれは……)

しかし、そんな希望が叶う可能性は、果てしなく「ゼロ」に近いことを百も承知の上で……さらに、それは同時に渓太郎がいなくなるということも十分に理解した上であったとしても……やはり、生みの母として渓太郎が先立つことを、どうしても許すことはできない。

——この夜もまた、いつもの〝ひとり芝居〟の幕が上がる。

（渓太郎は、本当にいなくなるのかもしれない……）

（そんなはずはないでしょ！　母親の私がなにを言っているの！）

一人何役も受け持ち、誰にも干渉されることのない堂々巡りの会話が始まった。結論を出すのが怖いから肯定し、否定して……平行線の言い合いは、長々と続く——。

「延命治療」も、ピリオドを打つときが近づいていた。

ぽちゃぽちゃとしていた頬もほっそりとし、目を「へ」の字にして笑うこともなくなった。苦しそうに「ハア、ハア」と、荒い呼吸を繰り返す渓太郎のために、枕元に酸素吸入器と酸素マスクが「一応」の但し書きつきであっても準備された。

「これを着けると、渓太郎くんの呼吸もラクになりますからね」と言う看護師さんの言葉が、スッと私をすり抜けた。

(とうとう、これを使うときが来たのか……)

酸素吸入器を着けるということは、もうこのベッドから動けないということ。それは、気分転換の避難路でもあり、癒しの逃げ口でもあった院内散歩すら、取り上げられたことを意味する。

しかも、一度装着したら「元気になる見込みがない」と、判定されたことになりそうで、プラスチック製の吸入器が目障りで仕方なかった私だが、こんなときに思い浮かべなくてもよさそうな、余計なことを考えていた。

(病院で迎える臨終の際は、決まって患者が酸素マスクを着けているよね……)。よく目にするテレビドラマの場面だった。

実際、それは準備された。カウントダウンを物語る酸素吸入器が必要とされる容態――それが紛れもない私たちの現実なのだ。

(まさか、本当にいなくなるの!?)

(やっぱり、カウントダウンが始まったんだ……)

また、ひとり芝居に引きこもろうとしていたとき、病室のドアが開いた。

「おじゃまします」

聴診器を握った小林先生が入って来た。

「渓ちゃん、モシモシしに来たよー」

電話に例えて聴診器を「モシモシ」と呼んでいた。喉を診るときに舌を押さえるヘラ状の木製「舌圧子《ぜつあつし》」を、胸ポケットから取り出す際に決まっておどける「シャキーン」の〝発声〟にしても、小児科医ならではの優しさが、心にジワーっと広がった。

大人でも感じてしまう恐怖感を、子どもには与えたくないとの思いから生まれた〝愛の演出〟なのだろう。

そんな小林先生は時折、私の「こころ」を幼いころへとワープさせる。きっかけになるのは、先生が着る白衣。裾をひらめかせるその白衣と、私が小学校の低学年だったころに、憧れてよく描いたお姫様の波線でデザインしたワンピースの裾。

ふたつの裾のシルエットが、ぴったり重なることに気がついたときから、白衣の裾をひらひらさせて颯爽《さっそう》と歩く小林先生の姿を見ると、私は〝不思議の国〟に引っ張り込まれるようになった。

渓太郎のがんが小さくなったことを知らせに、紙を振り回しながら廊下を小走りに追い駆けて来てくれたときもそうだった。

それは、時間と時間の隙間に、ほんの一瞬だけ挟み込まれる異次元の世界のようなものだが、厳しすぎる現実の真っただ中で起きるワープは、幼心を虜《とりこ》にしたあの何物にも代えがたい「甘いショートケーキ」なのかもしれない。

小林先生は、病室に入るとベッド脇まで一直線に向かい、渓太郎の体に腿《もも》をくっつけるようにして、ベッドに腰かけた。

少し前までは、渓太郎が抱っこをせがむことを想定して、立ったままベッド脇から覗き込むように「渓ちゃん」と、挨拶代わりに声をかける。そして、五分ほど抱っこをしてから診察を始めるのが、変わらぬルーティンだった。

しかし、もう渓太郎は抱っこをせがむことも、笑うこともない。

それでも先生は、優しい眼差しで包み込み「渓ちゃん……」と、静かに名前を呼んだ。

無反応の渓太郎──。

と、私の口が勝手に動いた。

「ねえ、先生！ 人は死んだらどこに行くの？」

心に深くしまい込んだものが、なにかの拍子にタガが外れていきなり飛び出した気がした。意思がまったく関与しないところで口走った衝動に、私自身が一番驚いた。

突拍子もない質問を浴びせられた先生の動きが、ほんの一瞬、止まった。

（まずい……）と、思った。

が……

「ねえ。お母さん」

切なそうな目をして私を見つめ、「私もね……」と、短く言葉を続けた。

「医者なのに、わからないんだ……」

（医者なのに……⁉）

小林先生だからこそそのことかもしれない。私は、こんなにも胸が締めつけられる響きのある言葉に、初めて出合った気がした。

先生が見せるこれまでの切なそうな眼差しは、私に注がれていたはずだった。でも、このときの先生は、それを自身に向けていたように感じた。

「渓ちゃんがこれからどこへ行くのかわかっていれば、安心できるのにね……」

命を預かる立場とはいえ、医師だって全知全能の神ではない。なのに、私をふくめ患者家族は、それに近い期待をすがる思いでかける。

(だって、私も実際に、完治した例のない『病気を治せ』、がんが治らなくても『生かし続けろ』。挙句の果てには『死後の世界について答えろ』って、霊能者の役割さえ負わせてしまった……)

言いたい放題、無理難題を、患者家族の心の痛みとしてすべて受け止めてくれた小林先生。

それが、いくら突拍子もない私の〝我がまま〟であったとしても、軽くあしらうこともできたはずなのに、それもせずに、真摯《しんし》に、親身になって……真正面から向き合ってくれたのだ。

どうして「生存率ゼロ」の病気で生まれて来たの？

—私は、幻想の世界にいた。

大空を自由に飛ぶことができる私は、眼下に広がる長野県の大地を眺めている。

渓太郎とともに闘病生活を送る「長野県立こども病院」が見えてきた。とんがり帽子の朱色の屋根が鮮やかだ。周辺の安曇野の田んぼや畑が、北アルプスから運ばれた爽やかな風に揺れている。

と、瞬間移動した私は、優雅に裾野を広げる浅間山、美しい諏訪湖、黄色のじゅうたんを敷き詰めた飯山の菜の花畑。そして、そして……南北に縦長、全国で四番目に広い県土を縦横無尽に飛び回っているうちに、意識的に遠ざけていた〝喪失の悲しみ〟が、脳裏をよぎった。

（こんなにも広大な長野県で生まれる子どものうち、たった一人が渓太郎？）

現実の一端が紛れ込んでも、私の幻想はやまない。

占いによく出て来るトランプに似た大きなカードが、私の目の前で信州の自然を背景にサーっと一列に並んだ。

北から南に向かう裏返しのカードをなぞるように目で追った私は、迷うことなく手を伸ばして一枚のカードをめくった……。

私は、医師から渓太郎の「がん」について、こう説明を受けていた。

「小児がんにかかる確率は、長野県で一年間に生まれる子の中で一人がかかるくらいの確率です」

（長野県で生まれる子どもの人数って……？　その中のたった一人が、渓太郎だったなんて……）

私はそれまで、千とか万とかの単位分の一という確率をもって「イコール『ゼロ』」と捉えてきた。言い換えれば「あり得ない」という意味。そのあるはずもないことが、自分の身に起きたのだ。

地球より重い「命」を「数」に置き換えることなどできないが、一九九七年当時の長野県の年間出生数は約二万人。この中から唯一〝選ばれた〟存在が、渓太郎だったということになる。

私の中では現実に「あり得ない確率」を数字で突きつけられたけれど、消化できずに幻想の世界で事実と向き合わざるを得なかった。

……めくったそのカードの表面には、大きく書かれた文字が浮かび上がって「小児がん」とあった。

辛いとか、悲しいとか、寂しいとか、悔しいとかという感情は、どこかで消滅していた。むしろ「確率」として、冷静に分母と分子の関係で捉えようとしていた。

(たまたま選んだカード。誰のせいでもない……たまたま……なの)

渓太郎の「小児がんカード」を手にしたまま、心の折り合いをつけようとしていた。

(渓太郎が、分子の『一』の役割を担った。それによって、ほかの子の命が救われる……)

けれど、自分のお腹を痛めた子の「死」が「役割」だなんて、親としてなんということを考えてしまったのだろう―と、あまりに非情な自身のつぶやきにゾッとする自分もいた。

しかし、そのときの私には、どうしても探しあてておきたいものがあった。

―渓太郎の命が短いことの意味。

―渓太郎が生まれて来たことの価値。

そうして、無理やり見つけた「解」が、「分子、一の役割」だったのだ。

「命」は一人にひとつずつ。そして、数え切れないほどある中のたったひとつの「命」。

どんな「命」も、かけがえのない「役割」を背負っている。


小さな体で病魔と懸命に闘い、精一杯生きている子どもたちの姿を見たなら「人生の途中で旅立った」なんて、とても言えないだろう。誰しも「最後まで頑張って、生き切ったんだね」と、ねぎらうはずだ。

長生きして亡くなった際の常套句《じょうとうく》「天寿を全うした」は、寿命の長短にかかわらず、すべての〝旅立ち〟に使われてもいいのではないか、とも思う。

（そうだよ……渓太郎も、そうなんだよ）

「人生を『完結』したんだ！」

たとえ、生命のピリオドが五〇〇日で打たれたとしても、渓太郎は与えられた命で「五〇〇日も生きた」のだから……。

悠久の歴史の流れの中で繋がってきた「命の糸」は、長い糸、短い糸、弱い糸、強い糸……様々な糸を紡いで現在に至っている。

短い糸――それが、渓太郎が与えられた「命と役割」なのだ。

今を生きる——小児がんの子の母として

私は、小児がんの子の母として生きている——。

自分を誇らしく思えたのは、これまでの自分に「さよなら」をしている、と気づいたときだった。

「いってらっしゃい！　ゆっくりしてきてね」

一泊二日の外泊に向かう私たちを、同室の〝付き添いママ〟が見送ってくれた。

「うん！　いってきます！」

お出かけ用の洋服を着た渓太郎を抱っこして、行く先は自宅だけど。

しかし、よくよく考えてみたら、なんだかおかしなやり取りだと思う。

——外泊先が自宅で、その自宅に行く私たちに「いってらっしゃい」だって。

すっかり腫瘍科病棟・病室の住人になってしまった、ということなのか？

確かに「長野県立こども病院　血液腫瘍科　中村美幸様」の宛名で、たくさんの手紙やはがきが届くのだから、郵便屋さんも認める立派な居住地だ。

こんな余計なことを考えながら、行き先「自宅」と書かれた「外泊許可書」をカバンに詰めて、病室を後にした。

抗がん剤の投与から体が回復し、次の治療が始まる前の二、三日が外泊のチャンス。それは私たち親子にとって、ほぼ月に一度届く夢のような〝贈り物〟なのだ。

たった一泊二日の「夢の時間」で、私がなにより心待ちにしている（控え目な）二大イベントがある。

その第一は「湯船にのんびり浸かること」

その第二は「足を伸ばして寝返りうって、ぐっすり眠ること」

（普通に生活を送っている人には、当たり前の日常だろうが……今の私にとって、この二つこそが非日常の大イベントなのだ）

病院の家族控室には、付き添う家族用に簡易的な風呂場はあるけれど、渓太郎から長時間離れられない私は、シャワーを浴びるのがせいぜい。それでも湯船に浸かろうものなら、ベッドに残してきた渓太郎が気になって、逆に膨大なストレスを抱え込む結果になってしまう。

また、入院当初は割と大き目サイズの子ども用ベッドが用意され、添い寝しても足を伸ばして眠ることができた。しかし、抗がん剤治療が始まり間もなくすると、ベッドの周りを落下防止の柵で囲まれたベビー用サークルベッドに変更されてしまった。渓太郎が落下する心配はなくなった一方で、私は渓太郎を抱えて体を「くの字」にして眠ることになった。最初は、寝返りを打つたびに足もとの板を蹴飛ばしたけれど、学習能力が備わり、いつしか「く」の字のまま寝返る〝特技〟を体得していた。

しかし、おかしなもので、これほど待ちわびた外泊――なのに、到着した自宅になんと私は、戸惑ってしまったのだ。

「さあ、お家だよ!」と言って、居間のドアを開けた瞬間から(どこに居たらいいんだろう?)。渓太郎を抱いたまま、いきなり入り口で立ち往生した。

サークルベッドがないガランとした居間は〝取りつく島もない〟不安定な場所のように感じた。

（これじゃ、全然落ち着かないよ）

住み慣れたはずの我が家に拠り所を探してキョロキョロしながら私は、ふと思った。

（サークルベッドの中に閉じ込められたと思っていたけれど、四方八方を囲む柵が私たちを包み込んで、守ってくれていたんじゃないか）

トイレも自由に行けるとなれば、タイミングが計れない。

尿意を感じて、というよりも「渓太郎が寝ている隙に……」とか「渓太郎が検査に行っている隙に……」とか、渓太郎の都合に合わせてトイレに行くことに慣らされてしまっていた。

（今、トイレに行きたいのかな？）なんて、問いかけてしまう自分があまりにも滑稽だ。

（自由って、こんなにも不便だった？）

そしてなによりショックだったのは、抱いている渓太郎の背中を無意識になで回し、左手が勝手に点滴のカテーテルを探していたことだった。我ながらハッとしたが（そうか、ここは病院じゃない。点滴は外されているんだ）とわかって、ようやくホッとした。

こうなれば、もう二大イベントどころではない。

湯船の中でも、そわそわと落ち着かない。早々に風呂から上がった。

夜、布団の中で伸びをした。背中がボキボキと音を立てた。

（あー、気持ちがいい）

ほんの一瞬、外泊を満喫できた思いで眠りに就こうとしたが、左側にいる渓太郎が気になる。結局、抱っこして寝ることに……体を「く」の字に曲げる。

病室を出るとき、付き添いママが言った「いってらっしゃい！」の言葉が蘇った。

（本当に『いってらっしゃい』だね。私たちの居場所は、やはり『病室』なんだ……）

私はもう、ありふれた日常を当たり前として過ごしていたころの自分への未練を、捨て去っていることを自覚した。

こうした意味で、自宅に居心地の悪さを感じる自分を、なんだか心から誇らしく思った。

（私は、小児がんの子の母として、今を生きている）

足もとの奇跡に気がついて……

「今までありがとう。渓ちゃんも早く退院できるといいね」

「おめでとう。元気でね」

私たちより後から入院して来た子たちを一人、また一人と見送る。同病の悩みを共有する〝仲間〟だった付き添いの母親と交わす、決まり切った祝福の挨拶に隠れていた、羨《うらや》ましさは（幸いなことに）消えてなくなった。

「幸いなこと」と、言うのもおかしいけれど「延命治療」をするようになってからは、他の患者と比較してわが身を嘆くこともなく（元気になって退院）する母子に、心から「よかったね」と、声をかけられる。

でも、それは……渓太郎の病状が他の子と比べられないくらい酷くなってしまったことを物語っている。

裏を返せば、病気が治ったうえでの「退院」が実現する可能性は、一〇〇パーセント有り得ない事実で、すでに私は「退院」という言葉を、現実の世界から消し去っていた。考え方にもよると思うが、治る可能性を微妙なパーセンテージで示されるより、割り切る覚悟を自分に促しやすい面があるのも事実だ。

なにはともあれ、自分と縁もゆかりもなくなった「退院」に、嫉妬心が湧くはずはなかった。

常に「死」と隣り合わせの腫瘍科病棟では、付き添い看護をしている一部のお母さんたちの間で「退院」を「卒業」と、呼んだりしていた。一般的には〝隠語〟のようなものだけれど、厳しい現実を裏づけるように、ちゃんと使い分けられていた。

―「退院」は、病気が治り、元気になって病院から出ること。

―「卒業」は、亡くなって病院を後にすること。

私が、初めて「卒業」という言葉が含む意味を知ったのは、闘病生活を始めて間もないころで、「余命三か月」の宣告をされつつも、まだ「退院」の希望をすべては捨て切っていなかったころだ。

（『卒業』って……なんて優しい配慮なんだろう）と、その思いやりに感心した反面で（使い分けが必要なほど『卒業』が多いんだ）と、甘くない実態も思い知らされた。

渓太郎が「延命治療」を始めたことは、「退院」を拒否したことと同じになる。その道を選んだ私には、当然「卒業」だけが待ち受けていた。

「入院生活の長さ」は「渓太郎の人生の長さ」に比例する──だけに、私は自分の人生を腫瘍科病棟の中で終えてもいいと思っていた。

世の中には「奇跡」を起こす人もいる。実際、私もそんな話をいくつも聞いた。

「末期がんがいつの間にか消えていた」とか「何年も眠り続けていた人の意識が、突然戻った」。中には「葬儀の最中に生き返った」等々。

（渓太郎だって〝奇跡の人〟になるかもしれない……）

（もしかしたら……あした、新薬が発見されるかもしれない）

（もしかしたら……突然、がんが消えるかもしれない）

（そもそも病気をはじめ闘病生活、今そのものが夢……）

「卒業」を免れて「退院」するストーリーで、作家になった私が「奇跡の物語」を執筆する──幻想を抱いていた。

しかし、後戻りしない時間の刻みはあまりに冷酷だった。

「脳へ転移が認められました」

「肺にがんの影があります」

「左の腎臓にも転移が…」

（退院の奇跡）は起こるどころか、時々刻々と遠のいていった。


「おはようございます」

病室のドアを開けて回診に訪れたのは、主治医の小林先生ではなく、珍しく腫瘍科部長の石井栄三郎先生だった。

（えっ！　また、なにかあったのかな？）と、心臓がドキリとした。

これまでの経験から、石井先生が病室に来るのは「がんの転移」「治療の限界」「延命治療の選択」などと、決まって良くない報告があるときだ。

だけど、延命治療と同時に命のカウントダウンが始まっている渓太郎に、これ以上の悪い知らせなどないはず……だから（この胸騒ぎは単なる条件反射）だと思ったが、それとなく遠回しに探りを入れた。

「きょうは、石井先生が診察してくれるんですね?」

「はい。ボクが『モシモシ』させてもらいます」

穏やかな表情で答えると、今度はベッドの渓太郎に話しかけた。

「渓太郎くん、おはよう。きょうは小林先生じゃなくて、ごめんね」

(やっぱり、たまたま石井先生が来てくれただけなんだ。奇跡なんてそうそう起きるはずないよね)

「きょうは、いいお知らせがあって来ました。お母さん! 新しい薬が開発されました!」

一瞬、よぎった奇跡の到来だったのだが……。

「一《パーセント》の可能性がなかったとしても、私は〇・一《パーセント》や〇・〇一《パーセント》の奇跡を信じたいです!」

延命治療を選択した直後に、私が叫んだ言葉。

(渓太郎は、ある意味で奇跡的な確率で、こんな病気になったんだから、治る奇跡だっ

て起きてもおかしくはない）

変な理屈をこねくり回しても、虚しさが込み上げるばかり。

ちょうど、そのとき――。

触診を終えた先生が、渓太郎の首元からお腹まで優しくなでながら、小さな体を尊ぶようにささやいた。

「ここまで渓太郎くんが生きてくれているのは、奇跡かもしれません」

――奇跡は、ずっと足もとで起きていた。

（渓ちゃん、ごめんね。お母さん、気がつかなくて……）

自分に課した〝笑顔の誓い〟

（最期の瞬間まで、渓太郎と笑って生きる。絶対に……私は！）

――自分に誓った。


「これが最後の外泊になると思います」

石井先生は、卒業証書を手渡すかのように「外泊許可書」を、丁寧に差し出した。

「……はい」

（先生から渓太郎への最後のプレゼントだ）と思った。そして、間もなくやって来るだろう渓太郎との別れを承諾する〝儀式〟のような気がした。

（私は、渓太郎の命を諦めたのか。それとも、もう仕方がないと悟ったのか）

入院当初、指折り数えて心待ちしていた「外泊」が、今はその「許可書」が恨めしい。かといって、直ちにそれを突き返したところで、渓太郎の「命の時間」が延長されるわけでもないのだ。

いくら受け入れがたくても、差し出された事実を手の中に収めるしか、他に方法はなかった。

先生は、こんな言葉で私たちを送り出した。

「ご家族で、たくさん思い出をつくってきてください」

これまでのように「いっぱい楽しんできて」とは、言わなかった。

思い出がいっぱい詰まった〝宝の箱〟のふたが、間もなく閉じられようとしていた。

(もうこれ以上、楽しい思い出は詰められないよ)と、宝箱の番人が言っている気がした。


思い出づくりに終止符を打つ日が、逃れられない現実となって目の前に迫る。それが呼び水となって、渓太郎の魂が私の体に宿ってからこれまでの記憶が、早送りのビデオのように思い出の箱から繰り出された。

—出産した渓太郎へのあまりに激しく湧き上がる愛情に驚き、歓喜した。

―「へ」の字型になる目、真っ赤な顔して怒る、渓太郎の愛おしい百面相。

―病気が見つかった際に感じた、心臓がえぐられるような痛み。

こども病院で遭遇した医師の〝切なすぎる優しさ〟の数々……。

―初めての採血で、渓太郎の腕を強く押さえる私を諭すように「手を離してあげて……お母さんだけは痛いことをしない人でいて」と。

―抗がん剤の投与を始める際につぶやいた本音のひとり言「渓太郎くんの体に、こんな薬は入れたくないんだよね」。

―がんが縮小した検査データを振りかざしながら、「お母さーん」って、廊下を走ってきて知らせてくれた。

―渓太郎の体の限界を伝えに来た先生が、食ってかかる私の言葉を、姿勢を正しうつむいて全身全霊で受け止めてくれた。

このとき私の中には、言葉とは裏腹に先生を必死でかばう気持ちが生まれていた。

(『後で説明しますから』と言って、出て行っちゃえばいいのに……)

(『助けたくても、助けられない』と、言ってしまえばいいのに……)

(どうして逃げないの！　先生が悪いわけじゃないのに……)

先生方や看護師さんたちは、決して渓太郎の命を諦めてはいなかった。そして「仕方ない」と、手放してもいなかった。

渓太郎の命脈を、自然の流れの中で受け止めていた――と、私は思う。

だから、私も母親として……渓太郎の「生」と「命」に報いるためにも……

「最期の瞬間まで、渓太郎とともに笑って生きる!」と決めた。

その「最後の外泊」から、二か月後――。

旅立つ渓太郎を、私は笑顔で見送った。

「渓ちゃん、ありがとね」

「楽しかったね」

……って。

「送り盆」—送らなきゃいい

「あれ？　向こうに見えるのはお墓だよね」

自宅の駐車場に入ろうとしたとき、五〇〇《メートル》ほど先の山の麓に観音菩薩像と、細かく区画整理された地肌が見えた。

「そう、最近できたんだよ」

夫は、私の視線の先に目を向けることなく静かに答えた。

抗がん剤からの回復も遅くなり、外泊許可が出たのは二か月ぶりだった。その間に墓地公園が造成されていたのだ。

「そっかぁ……」

「死」を連想させる話は、できるだけ避けよう—。夫の言動から暗黙のルールを破ってしまったことに気づいた私は、それ以上なにも聞かなかった。

こんなことがあってから、三か月後に渓太郎は逝った。

葬儀が終わると、私は夫に懇願するように一つの提案をした。

「ねえ、渓太郎のお墓は、あの場所がいい。窓を開ければいつでもお墓が見えるし、渓太郎も寂しくないから……」

「そうだね、そうしよう」

夫はあっけないほどすんなりと同意した。ひょっとしたら、墓地造成の話をしたあのとき、夫も私と同じことを考えていたのかもしれないと思った。

自宅から歩いて三、四分。「いつでも見える」場所に、渓太郎を埋葬した。

八月、旧盆――。

南北に縦長の長野県は、地域によって「お盆」のしきたりが異なる。私の住む県の北側（長野市を中核に『北信』と呼ばれるが、このエリア内でも様々な風習がある）に位置する千曲市では一例を挙げると、こんな具合――

「迎え盆」は、火の灯されていない提灯を持ってお墓に行き、火を灯して自宅に戻る。

「送り盆」は、その逆で自宅から火の灯った提灯を持ってお墓に行き、火を消して自宅に帰る。

ある年の「送り盆」の出来事だった。

提灯に火を灯してお墓に向かっていると、後ろからついて来た息子（渓太郎にとっては、三つ歳下の弟）が、突然、私の背中に向かって話しかけてきた。

「ねえ。せっかく来たんだから、送らなきゃいいじゃん」

「えっ？」

主語を欠くいきなりの話に、頭の中に疑問符が舞った。

私は、お墓を造っておきながら、本能の半分が渓太郎の死を受け入れていないことを自覚している。そう、未だに育て続けている自分の感覚が「渓太郎はそばにいる」と、信じさせているのだ。

だから、渓太郎の霊を慰める仏事―として、特段感慨に浸ることもない私にとって「お盆」は「正月」と同様、国民的イベントの一つにすぎなかった。

この年も、古くからの盆行事を淡々とこなし、最後の〝儀式〟へと臨んでいた。

しかし息子は、私の両親にでも聞いたのだろうか、会ったこともないお兄ちゃん―亡くなってお墓にいる渓太郎を、家に「送り迎え」するのが「お盆」だと、幼心に思っていたようだ。

風に吹かれて細くなった提灯の火を覗き込んで、ようやく（そうか。渓太郎のことを言っているのか）と気づいた私は、納得してもらえそうな答えを用意した。

「だってさ、もしもだよ。向こうの世界の方がいい場所だったら、どうする？」

なんだか、残念そうな声で……

「あー　そうか」と。

でも、納得した素振りも見せず、道すがらずっとなにかを考えていた息子が、そして、私を慰めるように……優しく言った。

「それなら仕方ないね、お母さん。お兄ちゃん、帰してあげなきゃ……ね！」

息子の言葉に私は、溢れ出ようとする涙を必死にこらえた。

渓太郎が帰って行くお墓は、もう、すぐそこだ。

「ひとりじゃないよ」の子守唄

「コン、コン」

昼間でも夜でも、ほとんど変わりない病棟の静けさに同化したようなノックの音が聞こえた。

（夜勤の看護師さん⁉）

「はい、どうぞ」

「こんばんは。体温を測りに来ました」と、言いながら病室に入って来たのは、やはり看護師さん。私がいつも明るくさせられる丸山みほさんだ。

その親しみやすい笑顔のお陰で、ちょっとした悩みを相談したり、世間話をしたりで、塞《ふさ》ぎがちな気持ちが揉みほぐされている。

「渓ちゃん、変わりない？」

業務用なのか、日常会話なのか、どちらとも受け取れるようないつもと変わらないフランクな口調だ。

でも私は、その場の空気を読まず、返事する代わりに心の中のつぶやきを声に出した。

「ねえ。渓太郎……もう、無理なのかな?」

「延命治療」は、すでに最終段階を迎えていた。


細い寝息を立てて眠る渓太郎を見つめて(もう、無理なのかな……)と、つぶやくひとり言が日課になりそうだった。

この日の昼間、石井先生から「その日」が間近だということを知らされた。だが、私にはもう、かつてのような「なんとかして!」という激しい叫びや、奈落の底に突き落とされるような絶望的な気持ちは、まったく消え失せていた。

それは、私が選択した「延命治療」は、文字通り「その日」を先送りするためだけの手段だったからだ。

そして、その手段は(一分、一秒でも長く一緒にいたい)という、私の悲しい願望をすくい上げてくれた。

だから、決して（『その日』が回避できるものではない）ことを「覚悟」したうえで、「その日」がたやすく出てこられないように、心の一番深いところに落とし込んでいた。私の「覚悟」は、渓太郎の短い人生を（受け入れる）ことであって（諦める）こととは違う。

―それは「渓ちゃん、楽しい人生だったね」と見送ることであり、「残念だけど、無理だった」で、終わらせることではなかった。

しかし、ほんの少しでも長く（渓太郎と一緒にいる）ことだけを生きがいにしていた私にとって「その日」が具体性を帯びてきた今、いくら自分を奮い立たせようと思っても、エネルギー源をそがれてしまっては、それができない。

渓太郎の人生も、母としての強さも（諦めて）しまいそうだった。

「渓太郎、もう、無理なのかなあ」

と、繰り返す私の顔を振り返る格好でじっと見つめたあと、丸山さんは視線をベッドに戻して、私ではなく眠っている渓太郎に向かって語り始めた。

「渓ちゃん。小林先生ね、毎日、夜中の二時くらいまで、渓ちゃんの血液の分別作業をしてくれているよ。『先生、まだいるんだ!』って思いながら、いつも見ているの」

「小林先生、渓ちゃんに元気になって欲しいんだね! すごく頑張ってくれているね」

私に直接話すことを避け、ひとり言のように渓太郎を通して、それとなく教えてくれた。

(疲れているのに、そんな遅くまで……)

小林先生の主治医、いや医師としての真心がじんわり伝わってきた。自然に目頭が熱くなるのを覚えた。

小林先生が朝の回診に来た。

「渓ちゃん、おはよう!」

変わることのない明るい笑顔とはずむような声に反応した渓太郎は、「待ってました」とばかりにドアの方に顔を向け、「キャ、キャ」と声を上げて先生を呼んだ。

せがまれるままに渓太郎をサッと抱き上げると、先生はリズミカルな「け・い・ちゃん」の調子に合わせて、指先で小さな鼻先をツンツンした。

(毎晩遅くまで、渓太郎のために頑張ってくれているのに、そんなこと、これっぽっちも見せないで……)

「一秒でも長く渓太郎と一緒に生きる」という私の生きる糧は「一秒でも長く一緒にいさせてあげたい」という医師の矜持が土台にあって、初めて支えられていることに気がついた。

（ひとりじゃないんだ……。がんばれる！）

心の中に、エネルギーが注がれていくのを感じた。

「おはようございます」

この日の朝も、小林先生が顔を見せた。

ベッドの渓太郎を真上から覗き込み、両手で頬を包み込むと、またいつもの調子で鼻をツンツン。

「け・い・ちゃん！お・は・よ！」

まるで歌でも歌うように、リズミカルにー。

（看護師の丸山さんから聞いたあの話は、心の〝玉手箱〟に大事にしまっておこう）

こぼれてしまいそうな涙を言葉に乗せて飲み込んだ。

（先生、ありがとう……）

悲しさと寂しさと、そして優しさと愛のカタチ

病室のベッドから、窓ガラス越しに廊下をぼうっと眺めている。

見るからに新人といった様子の看護師さんが、点滴をいくつも乗せたワゴンを押して行く。

バインダーを小脇に抱えキビキビした足取りで、いかにも中堅どころといった感じの看護師さんも通り過ぎる。

お散歩中なのだろうか、入院している小学生ぐらいの女の子が二人、ニコニコしながら手をつないで行ったり来たりしている。

──廊下で見受けられる病棟の日常だ。

(私の日常は、どこに行ってしまったんだろう……)と、巡らす思案はあらぬ方向へと傾いて……

(どうして、こんなところにいるんだろう……。渓太郎の病気は、生存例が一件としてない病気なのに……どうして、いなくちゃいけないの?)

私は、腫瘍科病棟の入口にある分厚い二重扉を、ある「境界線」になぞらえている。渓太郎のがん発見を境に反転した人生の〝前と後〟を分かつ象徴的な境目だ。

もうひとつ、私が「境界線」とみなしている扉がある。病室のドアだ。

小児がんと闘う目標を共有する患者と医師が「助からない」事実の壁＝ドアによって隔てられる、私だけが感じる仕切りだ。

どんな事実に直面しても「なんとしてでも生かしてあげたい」目標を決して見失わない医師や看護師さんたちがいる。

その使命感には涙がこぼれてしまうほど感謝している。

なのに「生存例のない病気」という酷《むご》すぎる事実を前に「生きていく意味が見当たらない」とひるむ私は、前に進むためのドアを開けられずに立ち尽くす。

（渓太郎が死んだら、私はその先、幸せを感じることも、笑うこともないだろう……。闇の中で苦しみ続ける人生なんて、どこに意味があるんだろう）

渓太郎の死が、刻一刻と現実味を帯びてくるなかで、その後の人生が闇一色になると感じた私は「渓太郎が逝くときは、私も一緒に」という決心が、より鮮明になっていた。

そもそも、私は渓太郎を一人で旅立たせることなど、最初から考えてはいなかった。誰にとっても「冥土」は未知の世界—そこを「天国」と言うのか、「浄土」と呼ぶのか、人それぞれだけれど「渓太郎を一人でなんて、行かせるものか」と。

それ以前に、一人で眠りに就かせたこともない渓太郎が、小さなひつぎの中に一人ぼっちで横になっているところを想像しただけで、恐怖で体が震える。膝を曲げた私が、横になって渓太郎を抱っこした状態で一緒に納められている〝姿〟を思い描いて、やっと気持ちが落ち着くのだ。

（渓太郎の命と私の人生—一心同体なんだから……）

今にして思えば、なんという考え違いをしていたのだろうか。それが母親としての（愛のカタチ）だと信じ込んでいた。

確かに、あまりのやり切れなさに、髪を掻きむしりながら枕に顔を押しつけて、声を殺して呻《うめ》いたときもあった。悔しくて、虚しくて、歯が折れてしまうのではないかと思えるくらい、タオルをかじったことも……あった。

「渓太郎と一緒に旅立とう」とした覚悟は、こうした不安定で追いつめられた精神構造のもとで陥った「自暴自棄」―その延長線上に並ぶ、母親としてとるべき一つの〝自暴の道〟だったのかもしれない。

しかし、わずか数日後。「自暴」から「自棄」へと、心境の変化が起きる。選択結果の正否は置くとしても、これまで少なくても自ら進んで身の処し方を考えてきた。だが、こうした能動性が影を潜めた後に訪れたのは、潮の流れに身を任せ海中を浮遊する、まるでクラゲのような感覚だった。

神様の仕業なのか、大自然の法則なのか―自分以外の誰かに決められた受動的な人生に抗うこともなく、ただただ時間が無為に流れる空白の〝自棄状態〟にはまっていった。

私はベッドの上で、体育座りのように立てた両膝と胸の間に渓太郎をすっぽり入れて抱いている。

長いことこの格好で、視野に入る光景とはなんの脈絡もない事柄を反すうするように思い返しては、ぼうっと病室から廊下を眺めていた。

(……えっ?)

空中を彷徨《さまよ》っていた目の焦点が、衝撃を受けてある一点に定まった。

誰にも気づかれることなく（と、思い込んでいたが……）眺めていたガラス窓の向こう側に立つ一人の少女が、逆に廊下から病室を覗き込んでいたのだ。

（えっ？　なに？）

中学生くらいだろうか。美しい顔立ちをした背の高い子だ。その少女は、なぜかドギマギする私をよそにニコニコと、こちらに向かってほほ笑みかけてきた。

（なんだろう……）

答えを見つけ出すまでの時間を稼ぐように、腕の中の渓太郎を見やれば自然と理由が浮かんできた。

（そうか、赤ちゃんが好きなんだね。渓太郎を見にきたんだ）

少女は少し間を置くと、あやす仕草を見せて可愛らしく首元で手を振った。

そんな優しい少女に対して私は、正直なところを白状すると、あろうことか（早く、どこかに行ってくれないかなぁ）と思っていた。

今、思い返しても良心がズキッと痛むけれど、このときの私は、二四時間付き添って看護する生活を始めたばかりで、渓太郎の病状の不安など抱え切れないほどのストレスを抱えていた。

加えて、個室とはいうものの、プライバシーなどほとんど保てないのが病室。いつ先生や看護師さんが入って来てもおかしくない中で、歯磨きや洗面、着替えに至るまで、日常生活の一切合切を行わなくてはならなかった。

誰しもそうだろうが、こうした環境下に置かれている私にとって、あえて病室を覗かれることにはとても過敏になっていた。もちろん、心地よいものでは決してなかったし、歓迎すべきものでもなかった。

このように、母親が隠している心の動きを敏感に察知したのか、渓太郎も少女の方を見てはいるものの、反応することはなかった。

しばらくして少女は、残念そうな様子も見せることなく、ガラス窓から離れて行った。

渓太郎は、誰もいなくなった窓から目を離さないでいた。

翌日も、あの少女は来た。

きのうと同じように、ガラス窓から病室を覗いていたが、なにか話しかけたそうに、首をかしげてニコニコと手を振った。

「渓ちゃん。おねえちゃん、バイバイしているよ」

どうしたらいいのか困った私は、抱っこしている渓太郎に頼った。こういうときは、得てして赤ちゃんの無邪気な反応が救いとなるはずだけど、期待に反して渓太郎は、この日も無表情にじっと見つめるだけだった。

それからも、少女はちょくちょくやって来ては、ほほ笑みながら廊下から病室の私たちをうかがった。

渓太郎は、次第に反応するようになっていった。少女の顔を見ると、屈伸の要領で膝を曲げたり伸ばしたりして「キャッキャ」と声を上げて喜んだ。

（きょうも、あの子、来てくれるかな……）

いつしか私も、少女を待つようになっていた。

少女が来ると渓太郎が喜ぶ、という単純な気持ちもあるけれど、それ以上に少女が見せる無垢な笑顔に触れることで、冷え切った私の心がほんわか温かくなった。

ある日のこと。診察を終えた主治医の小林悟子先生が、聴診器を外しながら楽しそうに言った。

「渓ちゃん。病棟の中だけなら、お散歩してもいいよ」

病状が安定しない渓太郎は、これまで病室から出ることを禁止されていた。それは同時に、私も病室に閉じこもっていたという意味になる。

付き添う私自身、規制されていたわけではないが、渓太郎だけを置いて病室を出ることなど有り得ない、というより「病室を出たい」と思ったこともなかった。

だけど、小林先生の口から出た「散歩許可」の言葉は、小躍りしたいほどうれしかった。

「えっ。渓太郎、出してもいいんですか?」

「はい!」

先生は、張り切る私に笑いながらクギを刺した。

「でも、病棟からは出ないでね」

病室のドアを開けて親子二人で廊下に出られる——。ありふれた生活を送っていれば、意識することすらないこんな当たり前の〝日常〟を、私はどれほど待ちわびていたのか。

それが、今初めてわかった気がした。


「じゃ、また来ますね！」と言って、病室を後にする小林先生を見送ったのと同時に私は、病室の隅っこに忘れられたように置かれていたベビーカーを、早速ベッドの脇まで持ってきて、うきうきして声をかけた。

「渓ちゃん、お散歩だよ！」

（久しぶりだなぁ。ベビーカーに乗った渓太郎を見るのは……）

入院する以前は、お互いの顔が見えるように対面型にハンドルをセットして散歩していたけれど、この日は、渓太郎の視線が進行方向に向くよう普通にセッティングした。病室以外の景色を見せてあげたかったからだ。

「さあ、渓ちゃん行くよ！」

私は、勢いよく声をかけてドアを開けた。

ベビーカーを押してぎこちなく（あまりの久しぶりさに、そう感じた）廊下に出た私たちに向かって、はずむように走って来る姿が見えた。

（あっ！　いつもの女の子だ！）

ナースステーションで遊んでいて、私たちを見つけたのだろう。

少女はベビーカーのところまで来ると、通せん坊をするようにスッとしゃがみ込んで、渓太郎を覗き込みながら私に尋ねた。

「ねえ。この子のお名前は？」

「渓ちゃんだよ」

「渓ちゃんかぁ。かわいいお名前だね」

そう言うと、今度はサッと立ち上がり、真正面から私を見据えるようにして、

「ねえ、渓ちゃんのお母さん」と、ドキッとするほど真剣な顔で問いかけた。

「……え？」

「渓ちゃんのことが、とっても心配なんでしょ？」

「うっ……うん」

「ずっと暗い顔、してたよね」

「うん……」

「でも、心配しなくても大丈夫だよ。きっと私も……おんなじ病気だよ」

少女はそう言うと、頭を覆っていた赤いバンダナを少しだけ横にずらしてみせた。

「あ、……うん」

薬の副作用で、髪の抜けた頭皮が耳の上あたりに見えた。

「大丈夫！　私も、ずっと元気だったでしょ！」

「うん。……ありがとう」

少女のとてつもない優しさに戸惑う私は「うん」と、相槌を打つしかなかった。

それから私たちは、会うたびに打ち解けていった。

少女が、アイドルグループのボーカルに似ているとか、高校受験のために勉強を頑張っているとか、渓太郎の笑った顔がかわいいとか……たわいのないおしゃべりに、私は癒されていた。

そんなある日、少女は「私が病気になったときにね……」と、病室を覗きに来ていた本当の理由を話し始めた。

「(私の）お母さんがすごく心配をして、いつも悲しい顔をしていたんだよ」

「そっかぁ」

「その顔を見ているのがすごく辛かったんだ……」

「うん……」

「だからね。小さな渓ちゃんには、絶対に自分と同じ思いはして欲しくなかったんだよ」

(……そういうことだったのか）

少女が贈り続けてくれた〝笑顔パワー〟の届け先は、私だった。

渓太郎が一番見たいのは「私の笑顔」。そして、渓太郎の一番の願いは「私の幸せ」――こんな〝気づきのメッセージ〟を添えて……。

(悲しくても、苦しくても、楽しく生きるよ。自分のため、我が子のために……ね）

私は、感謝を込めて、天使のような少女に誓った。

少女は、渓太郎より先に天国へと旅立った。
お父さんに抱かれて……
「しあわせ」「しあわせ」「しあわせ」って……
何度も繰り返して、亡くなったという。

痛いことをしないお母さんでいて……

小林先生が、渓太郎の「主治医」から私の「姉」のような存在になった。しかも、医師の資格を持っているのだから、入院二日目という〝新参者〟にとって心強いこと、この上なかった。

午前中の回診に来た小林先生は「おはようございます」の挨拶も、少しばかり緊張気味に入って来た。

ベッドの上で渓太郎を抱いていた私も、その固い声を聞いて背筋を伸ばした。

「あっ……おはようございます」

きのう紹介されたばかり。しかも、立場が医師と患者家族ともなれば、お互いの間に引かれた緊張の仕切線を多少は意識する。後に「渓ちゃん」と呼んでくれるようになる渓太郎のことも、先生はまだ「くん」づけ。

「今日は血液検査があるので、これから採血をしますね。渓太郎くんをベッドに寝かせてください」

「あっ……はい」

抱いていた渓太郎を急かされるようにベッドに寝かせた私は、先生とベッドを挟んで向かい合った。

(絶対、泣き出すな……)

環境が大きく変わったことは、赤ん坊心(?)にもわかっているはずだ。

そんな心細いところにもってきて、唯一の安住の領域―母親の腕の中から一人ベッドに仰向けにされ、目の前には白衣の見知らぬ人がいるのだから、私でも泣きたくもなる。

案の定、渓太郎は不安感いっぱいの表情で、先生の方を見ないように天井をじっと見上げている。口もとは徐々に「へ」の字型になっていき、泣き出すまでのカウントダウンが始まった。

「渓太郎くん、おはよう。これからチックンするよ。ごめんね」

先生の優しい声さえ逆効果となった。渓太郎の「へ」の字の口はますます複雑に変型し、目には涙が滲んできた。

（うわっ！　もう限界かも）

私は、心の中で祈った。

（渓ちゃん、いい子にしていて！　お願いだから……）

願い空しく、先生が渓太郎の腕にふれたとたん、渓太郎が恐怖の叫びを上げた。

「ウギャー　ギャー　ギャー」

全身をばたつかせ、必死の抵抗を見せる。

（うわっ！　大変だ!!）

とっさに、ベッド脇から身を乗り出した私は、全身を覆いかぶせるようにして、暴れる渓太郎の動きを懸命にとめようとした。

「渓ちゃん！　お母さんここにいるから！　いい子にして！」

渓太郎の膨らんだ頬に、ぴったりと自分の顔を押しつけた。

渓太郎の横顔とシーツしか見えない。

なんとか、手探りで採血をする渓太郎の右腕を探し当てた私は、左手で肘のあたりをガシッとつかんだ。

(先生！　早く！)

心を鬼にして、渓太郎の腕を押さえつける私。

(渓ちゃん、ごめん。こんなことして、本当にごめん！)

心の中で必死になってあやまっていた。

それなのに、先生はいつまで経っても採血を始める様子もない。イライラを抑えながらもしびれを切らした私は、立ったままの先生の方へと顔を向けた。

小林先生の切なそうな顔が、そこにあった。

そして……

「お母さん。手を離してあげてください」

(えっ？)

「渓太郎くんは、お母さんが大好きなんです。渓太郎くんにとって、お母さんだけは痛いことをしない人でいてあげてください」

「……私がしますから」

「病気を診てもらう」患者の立場にある母親の義務として、望むと望まざるにかかわらず小林先生が採血しやすいように、との一心で押さえつけた私にとって、目から鱗が落ちるような言葉だった。

（先生はそんなことを望んではいなかったのに……）

このときから、小林先生は渓太郎の「主治医」を超えて、なんでも相談できる頼もしい私の「姉」になった――と、ひとり合点した。

だが一方で、そう思う心の隣で「お母さんだけは」の言葉が、この先の渓太郎にたくさんの痛みや苦しみが待ち受けていることを、暗に予告しているように思えて心が痛んだ。

だけど、逃げるわけにはいかない。

（渓ちゃん。なにがあっても、お母さんは、優しいお母さんでいるからね）

……と、私は誓った。

私は、もう涙を出さない

渓太郎にがんが見つかって「長野県立こども病院」に入院したその日から、私がつけていた日記が「育児」から「闘病」に変わった。

生まれたときから日々、成長する様子をはじけるような気持ちで綴った「育児日記」は、未来の渓太郎に宛てた母親からの手紙だった。

『今日は一か月検診に行きました。大きくなりすぎ（太りすぎ）で、先生に笑われちゃったね。でも、ママはうれしかった！　こんなに大きくなってくれていたなんて！』

『マザーズバッグを買いに行きました。初めてベビーカーでお買い物』

『渓ちゃんって話しかけると、笑ってくれるようになった。びっくりしっちゃった』

『今日は、ほうれん草入りのお粥を食べました』

……大きくなった渓太郎が、これを読んだとき「お母さんはこんなにも、ボクを大切に育てたんだ」って思うだろう。

（反抗期を迎えたら『これでもか！』って、この日記を見せてやろう！）

こんなことも企みながら、克明な成長の記録とともに穏やかで幸せな日常がページを埋めていた。

日記としてつながる毎日も、入院した日をもって「育児日記」は途絶え、その日から「闘病日記」が、姿形を変えて始まった。

『同じ病院内には、髪のない子がたくさんいる。手術は二十一日に決まった』

『家族控室で、何人かのお母さんと話をした。ここでは、渓ちゃんの病名を言っても少しも驚かれない』

『リンパに転移している。治療による後遺症の説明を受けた』

……将来、いくらこれを読ませたくても、もうそのときには渓太郎はこの世にいない。だけど私は、渓太郎の「生きた証」を残すためだけに病状の記録を書き留め続けていた。

入院四日目の「闘病日記」に、私は、このような決意めいた文章を残している。

『私はもう涙を出さないようにしたい。私は強くいる必要がある！』

それは――

この日、私の両親がお見舞いに来た。渓太郎を見るやいなや母は、何度も「大きくなったね」と繰り返した。それが、本心から出た言葉でないことは明らかだった。だって、渓太郎と会ってまだ一週間しか経っていないのだから……。

かける言葉が、それしか見つからなかったことを、瞼に溜まった涙が証明していた。

そんな母の姿に、申し訳なさがふつふつと込み上げてきた。

渓太郎が生まれたとき、母は「これ以上ない」というほどの喜びようだった。

渓太郎のファーストキスを奪ったのも、実は母。（生まれたばかりの赤ちゃんに、チューしていいのかな⁉）と、躊躇していた私をよそに、なんの遠慮もなく母は、尖らせた唇を渓太郎のちっちゃい口に押しつけたのだ。

（えー、なんてこと！）

この出来事は、忘れてはならない「ファーストキス強奪事件」として、私の〝閻魔帳〟に記録されている。

「母親より先にチューするなんて、どういうことよ！」

溺愛ぶりについては、私もとやかく人のことは言えないのだけれど、母のそれは度を超えていた。

—渓太郎をベビーカーに乗せて、初めての買い物。

「ちょっと！　渓ちゃんは可愛いんだから、絶対に目を離しちゃだめだよ！　誘拐される可能性もあるからね！」

そのときの私。「そうだよね。絶対、連れ去りたくなる人、いるよね！」。

—かわいいお尻に、アセモを発見。

「まったく、おむつなんてダメよね。いくら通気性がいいといっても、絶対に蒸れちゃうんだから」

渓太郎のお尻からおむつを剥ぎ取った母は、布団の上に畳んだバスタオルを二、三枚敷き、その上に渓太郎のお尻を乗せて得意気に言った。

「これで、おむつをつけなくてもいいからね！」

真夏に生まれた渓太郎らしく下半身は丸裸、ということも少なくなかった。

このときも私。「おばあちゃん！　天才！」。

渓太郎誕生で大喜びをさせておいて、あっという間にその喜びを取り上げてしまった。だから「大きくなったね」を、繰り返す母に私は「うん」としか答えられない。母の顔を見ることもできずに、渓太郎の頭をなでながらその場をしのいでいた。すると、母が突然話し始めた。

「ばあちゃんね。写真の中の渓ちゃんの頭を、毎日なでているんだよ」と言いながら、お椀型にした右の手のひらを左右に動かし、頭をなでている仕草をして言葉をつないだ。

「早く良くなれ！　早く良くなれって……」

このあとの言葉は続かなかった。ポロポロ、ポロポロと涙がこぼれ落ちた。

そのときだった……日記の中で、私が自分に誓ったのは。

『私はもう涙を出さないようにしたい。私は強くいる必要がある』

この日から、本当に誰にも涙を見せなかった。一人枕を濡らす日があったとしても、誰よりも強い母でありたいと願った。

そして、私は強くなった—。

そこには、私とタッグを組んで渓太郎を溺愛した祖母の存在があった。

『涙を流してくれる、孫への愛情が私にはとってもありがたかった。その分、私も強くいられる』（闘病日記より）

旅立つ命と生まれ来る命

余命を数える単位が「月数」から「日数」へと変わった。

（もしも、私が目を離した隙に旅立ってしまったら……）と、思う頻度が増して、病室内のトイレに行くことさえ躊躇してしまう。

渓太郎のもとを離れることが、食事を取るのも忘れてしまうくらいに怖かった。

（あと何日、こうしていられるのだろう……か）

頼りない呼吸を続ける渓太郎の顔を、ただただ愛おしく見つめる。

と、これまで絶対に考えまいと〝忌避〟していた言葉が、ほんの一瞬とはいえ、頭をよぎった。

—旅立つことで、渓太郎は「ラク」になるかもしれない？

とたんに、私の中で葛藤が暴れ始めた。が、最後は（ラクになるなら旅立たせても……）という〝慈愛〟が、延命治療を選んだたった一つの理由――どうしても渓太郎と一緒に生きたい（母親のエゴ）を、初めて覆い隠した。

このころになると、渓太郎の肺に水が溜まるようになっていた。そんな病状に向き合うように、腫瘍科部長の石井栄三郎先生が毎日、病室に顔を出してくれていた。

「渓太郎くんの様子はどうですか？」

その問いかけに「少し苦しそうです」とか「きのうと変わりません」と返す私に、先生は少し心配そうな視線に乗せて……

「お母さんは、大丈夫ですか？」

このいたわりの言葉に、いつも涙がこぼれそうになる。

本当は、全然大丈夫なんかではないこと、だからといって無理をせずにはいられない私の性分をも、先生は知っている。

「少しは休んでください」でもなく「無理をしないでください」でもない。先生のひと言は、私の気持ちを少しも邪魔することなく、どこまでも静かに支えてくれる。

だから私は（先生がついていてくれるから……）と、心の中で前置きし「はい。大丈夫です！」と、声に出す。

でも「すべてお見通し」とでもいうように先生は、口元だけが控え目に微笑む、切なそうな表情を見せて、ゆっくりとうなずく。

こうして私との挨拶を終えると、先生はベッドの脇へ行き、渓太郎と同じ目線に合わせるように、膝を床についてひと言だけ呼びかけた。

「渓太郎くん……」と。

先生は、しかし、名前に続く言葉をかけているのは明らかだった。だって、跪《ひざまず》いた格好のままで渓太郎の手を握り、しばらく渓太郎の顔を見つめているのだから……。

親身になって渓太郎の命を守ろうとする先生の姿を私は、これまで何度も見ている。

—抗がん剤を投与する直前「渓太郎くんの体に、こんな薬は入れたくないんだよね」と、辛そうにつぶやいた先生。

—渓太郎の体が限界だと、直立不動の姿勢で伝える先生に食ってかかる私を、全身全霊で受け止め続けてくれた。

……先生が渓太郎とどんな話をしたのか、私にはわからない。わからないけれど「渓太郎くん、苦しい思いをさせてしまって、ごめんね」と、あやまっている気がしてならなかった。

渓太郎のニコニコしたまん丸い笑顔を見れば、それに釣られて思わず微笑んでしまうような先生だ。

渓太郎を苦しみから救い出せないことは、先生にとってどれだけ無念なことだろうか。


その日の夕方――。私は、周囲からどれほど温かく見守られているのか、改めて知ることになる。

「失礼します」

病室のドアが開く音がしたかと思うと、耳に聞きなれた声が届いた。瞬間（あっ、丸山さん）だとわかった私は、渓太郎から目を離すことなくドアに背を向けたまま「はい」と返事した。

いつもどおりの診察、と思い込んでいたが意表を突かれた。目の前に現れたのは、見慣れた白衣姿ではないグレーのパーカーを着た看護師の丸山みほさん、だった。

（えっ？）

初めて見る私服姿。日勤を終えて、これから家に帰るところといった様子に（どうしたの？）と聞く間もなく、丸山さんは「はい」と言って、持ってきたスーパーのビニール袋を、私の目の前に差し出し……

「お母さん。せめて水分だけは取ってください」

再び私の（えっ？）を、誘い出したビニール袋を覗くと、中には大量の野菜ジュースが詰められていた。看護師さんの仲間でカンパしてくれたのだという。

（知っていたんだ……。このところ、あまり食事を取っていないことを……）

そんな驚きが胸に充満して、言葉にならない私をじっと見つめた丸山さんは、はっきりと言った。

「私たちは、命を守ることが使命です。それは渓太郎くんの命だけじゃなくて、お母さんやお腹の子の命も同じです」

このとき、私のお腹の中には渓太郎の妹が宿っていたのだ。

―渓太郎の病気が明らかになった際に、出産時に採取する「臍帯血《さいたいけつ》」を使った治療があるという説明を聞いていた私は「第二子」を強く望んだ。

さらに私は、ずっと「お母さん」のままでいたかった。渓太郎の死によって母親という立場がなくなってしまうことで、これまで注いできた溢れんばかりの愛情、母性が行き所を失う。このことが怖くて、恐ろしくて仕方がなかった。

母親であるからこその苦悩や痛みを「これでもか!」というほど味わわされても、それでも、我が子を愛せる幸せに代わるものは、世界中どこを探してもありはしなかった。

しかし、旅立ちの準備をしている渓太郎の命を目の前にして、もう一人の我が子が宿っているというのに、私は、自分の身を守ることもできずにいたのだ。

看護師さんたちの心遣いが、そのことを気づかせてくれた。

私は、涙でかすむビニール袋の中から野菜ジュースのパック一つ取り出して、一気に飲み干した。

空っぽになったジュースのパックを見届けた丸山さんは、安心した笑顔を浮かべて、私より先に言った……

「ありがとう」


旅立つ命と生まれ来る命、その命を生んだ私の命──「命の三重奏」。

そこにいるだけの、存在するだけの―愛の価値

「もしもさあ、まったく動けなくなったりしたら、そんな自分って、いくらもらう価値があると思う？」

「えっ？」

さっきまで世間話をしていた友人が、いきなり話題を変えた。

「動けなくなったら？」

「そう。例えば、ベッドで寝たきりとか……」

私は「ベッド」と「寝たきり」の二つのキーワードによって、記憶が呼び覚まされた。きれいに畳んで仕舞っておいた（渓太郎との闘病生活）が、少しばかり荒っぽく引っ張り出された気がした。

もう、お座りすることも、笑うこともなく、ただただ横になっているだけの渓太郎を看病していたころを連想すると、ある金額が自然と浮かんできた。

（もう少し、高くてもいいかな）なんて、思いながら……

「うーん。だったら、一か月で一千万くらいかな」

それほど真剣に考えたわけでもなく、サラッと答えた。

すると、どうだろう。いつも冷静な女性なのに、これまで聞いたことのないような素っ頓狂な声で―

「ええー。なんで？　なんで？」

私の方が驚いてしまった。

「『えー』って……　こっちが『えー』だよ！」

答えは、それでいくらなの？　と、尋ねる私の言葉をスルーして、その友人は身を乗り出して、身振り手振りを交えて熱っぽく話し始めた。

「これまでね。何人にも同じ質問をしたの」

「うん」

「だけどね、ほとんどの人が『ゼロ円』って答えたんだ」

「えー　なんで？」

語り口は、ますますヒートアップ。

「なかにはね『迷惑をかけるからマイナス』って言う人もいたし……。そうそう！『治療に必要な分だけ』って、答える人もいたよ」

「えー　なんで『ゼロ円』？　どうして『マイナス』？」と、今度は私が聞き返した。

「それはね、なんにも貢献できないからだと思うよ」

友人は〝ネガティブ〟な回答をした人たちの気持ちを推測するように代弁した。

私は、その気持ちがよく理解できない、という意味を込めて「へえー」とだけ相槌を打ったのだけれど、お構いなしに友人は興奮気味に――

「初めて会ったよ！　金額を答えた人に！」

「えっ、そうなの？」

「ねえ、どうして『一千万円』？　だって、なんにもできないんだよ。なんで？」

(早く教えてよ！)と、せっつくように顔を近づけた。

そんな友人の熱量に圧を感じながら、私は付き添い看護をしていたときの気持ち、そのままに説明した。

「私ね。渓太郎の看護をしているとき、初めて知ったんだよ。自分の中にこんなに深い愛があるんだって」

「だんだん弱っていく渓太郎が大切で、愛おしくってね……」

「渓太郎が少しでも心地よくいられるように、幸せでいられるように……って、必死だったんだ。それは、それは、幸せな時間だったよ。でね、そのときはっきりわかったんだ」

「愛は、与えてもらうより、与える方が幸せなんだって……」

――私は寝たきりで天国に旅立つだけの渓太郎に、自分でもびっくりするほどの愛情が湧いた。そして、そのたっぷりの愛を渓太郎に与える幸せを得た。だから、私が渓太郎のようにベッドで寝たきりになったとしても、渓太郎が私にしたように、私は、私を想う誰かに信じられないほどの大きな愛情を湧かせて、与える幸せを味わわせてあげられる「存在」なんだ……から。

「そりゃあ、一千万円でも安いと思うわ！」

ひと言も逃すまいと、真剣に聞いていた友人は、目に涙を溜めて「うわぁー」と、叫んだ。

「たぶん愛情って、与えられて満たされるものじゃなくて、みんな『愛情の泉』みたいなものを持っている気がするんだよ。そこから湧き出させることによって、自分で愛情を満たすことができるような気がするよ」

両頬を挟んで押さえた掌に息を包み込みながら、目を見開いて聞いていた友人は、

「わかっちゃった！　ありがとう！」と、飛び跳ねるように言った。

感激した様子を横目に私は、皮肉っぽく聞いた。

「ところでさぁ、なにがわかったの？　本当の答えは、いくら？」

友人は、また、とんちんかんな……なれど、ジーンとくる言葉を返してくれた。

「やっぱ！　渓ちゃん、すごいわ！」

心の声は、どこへ行った……

「その子の命を私にちょうだい！」

ある日の夕方。一日を終える独特の気だるさが漂う四人部屋の病室に、テレビから流れるニュースキャスターの声に交じって、意表を突いた金切り声が響いた。

（えっ！）

私は一瞬、心臓が飛び出すのではないかと、思うほどの高鳴りを覚えた。が、それも束の間、再びテレビの音だけが聞こえる、いつもの静かな病室に戻った。

ドアから入って右奥のベッドにいた私は、（大丈夫かな？）と思いながら、金切り声を上げた隣の方へゆっくりと顔を向けた。

そこに見たのは、怒りに体を震わせながら涙している付き添いママの姿だった。顔を向ける私には目もくれずテレビをじっと睨みつけ、その口からはマグマのような激しい言葉が噴き出ていた。

「ふざけるな！」

「いらないいなら、私にちょうだい！」

胸元で強く感じる「ドキ、ドキ」と脈打つ鼓動と、つけっぱなしにしているテレビのニュースが伝える詳報が、重なり合って聞こえてきた。

—幼児虐待死事件。

難病を抱えた子どもたちが、懸命に生きようと親子で頑張っている、ここ「こども病院」とは、対極にある〝別世界〟で起きた事件の衝撃が、この付き添いママを混乱させたのだろう。

しかし、私は……

「いらないいなら、私にちょうだい！」

この言葉に怯えた。

物々交換のように「命」を、あげたりもらったりしている〝現場〟が、はっきり見えた。

—「いらないいから、あげるね」

――「そう、ありがとう」

そんな会話まで聞こえてくるような気がして、恐怖で震え上がった。

(私は、他の人の命はいらない……)

体を縮こませて、渓太郎をギュッと抱き締めた。

(渓ちゃん……)


付き添う母親たちが、それぞれなにかを感じながらも言葉に出さない。息が詰まりそうな病室の空気を変えたのは、向かいのベッドのお母さんだった。

「そうだよ!　こっちは必死に助けようとしているのに……」

私は、この多少投げやりな言葉に共感すると同時に、恐怖の世界から抜け出せた。

(そうだよ。ここでは、みんな必死に助けようとしているのにね……)

しかし、この心のつぶやきが、かつて胸の奥底に残した傷跡をひっかいた。

(そう、みんな必死に助けようとしているんだよ。渓太郎の命を断ち切るようなことを、考えちゃダメなんだよ!)

自戒の念を込めて懺悔するその出来事は、三か月前にさかのぼる――。

渓太郎の命が「三か月」と宣告されたとき、一秒先の未来も見えなくなった私は、なんとかラクになりたくて病院から抜け出すことばかりを考えていた。

当時、病室は一階の腫瘍科病棟で、しかも個室。看護師さんの目を盗んで〝脱走〟することは、いともたやすいことだった。

――渓太郎を抱っこして、窓際にある面会用の椅子を使って窓から出て、病院の敷地内を走って、走って、そのまま道路に飛び出そう……。

渓太郎と一緒に旅立つ場面を何度も頭の中でシミュレーションしていた。でも、本心では卑怯にも「記憶喪失」を望んでいたけれど、その現実からの〝逃走方法〟が具体的に思いつかず「死」へと短絡していた。

テレビで「容疑者」と呼ばれている母親と同列に自分の姿があった。

(私も、同じだ……)

自分の人生をまるごと投げ出して渓太郎を救おうとしている私と、一緒に渓太郎の命を消そうとした私。一見、相反する「二人の自分」だけれど、根底にあるのはたったひとつ――渓太郎への深い愛、それしかないのだ。

あれからも、乳幼児が犠牲になる虐待が後を絶たない。

中でも、両親からの執拗な虐待で命を落とした五歳の女の子が、両親に向けて「もうおねがい　ゆるして」と、書き綴ったノートが残されていた事件は、その痛ましさ、いじらしさで全国に大きな衝撃を与えた。

「なんて、かわいそうなことを……」

テレビに映し出された無邪気な笑顔を見た瞬間、ギュッと抱きしめたい衝動に駆られたのは、私だけではなかったはずだ。

瞼ギリギリまで、悲しみの涙が込み上げたその直後、送検される両親の映像が流れると、悲しみを蹴散らして怒りが爆発的に湧き上がった。

「どうして、こんな酷いことを！」

テレビの中の母親を睨みつけていると、体が震えてきた。

「許せない!!」

誰に頼まれたわけでもないのに、怒りに任せて、どうやって懲らしめてやろうかと、真剣に考えた。

「女の子と同じように、食事も食べさせず、監禁すればいい！」

「叩きのめしてやりたい！」

こうでもしなければ、この怒り狂う激情は収まらない。

すると、テレビ画面に再び女の子の姿が映った。可愛らしい笑顔を浮かべながら大きく手を広げている——そのいたいけな姿を見ていた私の脳裏に、腕の中でニコニコ笑っていた渓太郎の姿が浮かんだ。

（渓ちゃん……）

両手を思いっきり伸ばして、抱っこをせがむ小さな体を抱き上げると「ボクのお母さん！」とでも言いたげに、甘えて頬をぴったりと私の胸に押しつけた。

この世を旅立つ直前まで渓太郎がいたのは、私の腕の中だった。

——母親の特権とばかりに「延命治療」を強いたのに。

——限界が来ていると知りながら、無理やり生きることを求めた〝鬼母〟なのに。

（こんな私を、渓太郎はいつでも大好きでいてくれたんだ）

（こんな私でも、渓太郎にとってはたった一人の大切な母親だったんだ）

いつの間にか渓太郎の感慨に浸っていた私に、虐待死した女の子が発した「心の声」

が、聞こえた気がした。

「私のお母さんを怒らないで……」

「もう、お母さんをいじめないで……」

おそらく、世間が共通して抱いているだろう母親に対するこれまでの憤りや憎しみは、私の中から潮が引くようにスーッと消えていった。

替わって思ったのは（もうこれ以上、この女の子に辛い思いをさせることはやめよう、そして、静かにこの子の冥福だけを祈ろう……）と。

うれしそうに笑う渓太郎と、女の子の笑顔が重なり合って、いつまでも頭から離れなかった。

不思議な少年との遭遇

入院してまだ間もないころに一度だけ、病棟の風呂場で渓太郎を沐浴《もくよく》させたことがあった。

とても不思議な少年と一緒に……。

その風呂場は、廊下に面している。ドアを開けると、正面の壁に大きな洗面台のような形をした沐浴用の浴槽が設置されていた。

私は風呂場に向かう前にあらかじめ病室で、渓太郎の洋服を脱がして準備した。裸ん坊になった体にバスタオルを巻きつけると、まるでミノムシのようになった。

そんなひょうきんな格好の渓太郎を抱えて「渓ちゃん、お風呂だよ」。そう言いながら廊下を歩いて風呂場に向かったのだが、どこからともなく現れた少年が、なぜか私たちの後からついて来た。

少年の年格好は、小学校の高学年だろうか。とても自然に見ず知らずの私たち（たぶん）と、一緒に風呂場にまで入って来た。

（ありゃ⁉　ついてきちゃった）

風呂場の中には、共通項のない一組の母子と小学生の男の子、三人の奇妙でちょっと滑稽な空気感が生まれた。

（まあ、いいか……。きっと退屈なんだろう）

私はあえて少年を気にせずに、浴槽にお湯を溜めるなどして沐浴の準備を淡々と始めた。

相変わらず少年は、ひと言もしゃべらずに、溜まっていくお湯をじっと眺めている。

自分の腰の高さほどの浴槽の横にある荷物置き場に、ヒョイと腰かけて。

その様は、絵本の中に描かれた「ピーターパン」を思わせるような身の軽さだった。

（おー！）と、思った。

だが、どう声をかけたらいいのか、適当な言葉が思い浮かばない私は、なんとなくすっきりしない気持ちで沈黙を通した。

そのころ、私は入院中の子どもたちにかける言葉に、とても神経質になっていた。ありふれた日常会話の類いでも、傷つけてしまいそうで怖かった。

例えば、の話―ここが公園だったら「ねえ、どこから来たの?」とか「どんな遊びが好き?」などと、興味半分でもなんでも気軽に声をかけているに違いない。

だけど、ここは病院。ほとんどの子どもたちは、家族と離れて入院し病魔と闘っている。

たとえ、同じことを尋ねたとしても、親や兄弟姉妹を思い出させたりして、懸命に耐えている悲しい気持ちを思い起こさすような軽はずみなことは、絶対に避けようと気をつけていたのだ。

しかし、少年は今こうしている、このときを楽しんでいるかのように、腰かけて足をゆらゆら揺らしていた。子どもが、ワクワクしているときに見せる特有の仕草で「これから、なにが始まるのかな?」と。

私は少しだけ口角を上げて「そこにいても、いいんだよ」というサインを送りながら、渓太郎を包んでいるバスタオルを、おもむろに外した。

その瞬間だった。軽快なリズムを刻むように揺らしていた少年の足が、ピタッと、止まったのは――。

少年の視線は、さっきまで眺めていた湯船から、渓太郎の右胸に埋め込まれたカテーテルに焦点を合わせていた。

「……この子も病気なの？」

初めて聞く少年の声だった。

「えっ……」

一瞬、ドキッと心臓が高鳴った。

「うん。そうだよ」

私は、慌てながらも（なにも特別なことじゃないよ）と言うように、冷静を装って返事した。

「……」

（この子……　言葉を探している……）

さっきまで、滑稽さを漂わせていた風呂場の空気は、なんとなく気まずいぎこちなさへと一変した。

それを隠すように、渓太郎の足もとからゆっくりと湯船につけた私の耳に、少年の悲しみを含んだつぶやきが……

「まだ……　赤ちゃんなのに……」

表情を動かすことなく唇をギュッとかんでいる少年の姿を、視界の左端に捉えた私は、こう思った。

（『赤ちゃんなのに』に続く言葉……飲み込んだね）

それから渓太郎が湯船から上がるまでの数分間、少年は、浮かべた切なそうな表情を変えることなく、渓太郎を見つめ続けた。

水滴を拭うことなく、渓太郎の体をバスタオルで巻き、再びミノムシ状態にして抱いてドアに向かった。入って来たときと同じように、少年は私たちの後ろについて廊下に出ようとしていた。

ところが……

私が風呂場のドアを開けると同時に少年は、その切なさを振り切るように私たちとは反対方向に駆け出した。

この少年もがんと闘っている。渓太郎と同じようにカテーテルを埋め込んでいる子たちを見ているはずだし、また、天国へと旅立つ友だちも見送っているだろう。

きっと、この悲しい体験が、少年の中で、まだ赤ちゃんの渓太郎と重なったのかもしれない。

（また会えるかな……）

愛おしさを残して走り去る少年の後ろ姿を見送った。


こうした不思議な出会いから、私は心の中に少年がずっと寄り添い、慰め続けてくれていると感じていた。

抗がん剤の副作用で、渓太郎がぐったりとしているとき、嘔吐《おうと》をしているとき、うつろな目で「ハア、ハア」と喘《あえ》いでいるときも、何度もこの少年の切なそうな顔を思い浮かべて語りかけることで、苦しみから助けられた。

（治療……こんなにも辛いんだね）

（赤ちゃんが苦しい思いをするのが……やり切れなかったんだね）

（かわいそうだと……思ってくれていたんだね）

この後、渓太郎と私が病院を去るまで、一度として少年と会うことはなかった――。

はかなくも確かな答え

夢なのか……、現実なのか……、幻なのか……。

私自身、今でもわからない。

ただ、それがなんだったとしても、これを機に私が渓太郎の「死」を受け入れられるようになったのは、疑いようもない事実なのだ。

とても不思議な〝出会い〟だった。

我が子に先立たれる悲しみは、想像を絶すると言われるけれど、まさにその通りだと思う。

渓太郎が存在しなくなったことを頭では理解していても、五感がそれを認めない。

私の目が、鼻が、耳が、口が、肌が……渓太郎を探し求めるたびに、激しい苦痛に襲われた。

いつでも感じていた渓太郎の温もりを、胸や腕が未だに求め続ける。

ふと気がつくと、いつの間にか抱っこの体勢を取る私。右の手の平は、渓太郎の体のライン通りに宙をなでている。

（あれ？　渓ちゃんは？）

そこに体感がないことで、渓太郎がいなくなった現実を思い知る。

――「渓ちゃん、渓ちゃん、大好きよ」「渓ちゃん、渓ちゃんかわいいね」

闘病中、一日に何百回も繰り返した自作の子守唄が、無意識に口からこぼれ出る。こんなに悲しいのに、歌っている私は自然と微笑んでいる。ひとり言の子守唄。

――渓太郎の声を探し、常に聞き耳をそばだてる。

「泣いているんじゃないか？」

「呼んでいるんじゃないか？」

「『キャ、キャ』と笑う声が聞きたい」

外から聞こえてくる子どもの声を「渓太郎だ」と、勘違いすることはない。けれど、なぜか鳥のさえずりや風の音、ときには車のエンジン音にまで「えっ？　渓ちゃん?」って、神経質に気配を感じ、慌てて音のする方に顔を向ける。

「渓ちゃん!」声が聞きたいよ……。泣き声を聞きたいよ……。

—仏壇の額縁に納まった渓太郎は、なにを話しかけても表情を変えない。

「渓ちゃん、お母さんは悲しいよ」

「会いたいよ」

「もう一度だけでいいから、抱っこがしたいよ」

こんなにも母親が泣いているのに、息子は額縁の中でずっと微笑み続けている。

「渓ちゃん、なんでそんなに笑っていられるの!」

激しい心の痛みが転じて、ときとして渓太郎に八つ当たりする。

—もう、いっそのこと、渓太郎のことなど忘れてしまいたい。

(渓太郎が生まれたことも、一緒に生きた時間も、すべてを忘れられたら、きっとラクになる……はずだ)

この地獄の苦しみから逃れる方法は、これしかない。

居間にある食器棚の角に、思いっきり頭をぶつけてみた。中の食器が「ガシャン」と鈍い音を立てた……だけ。

（こんなことをしたって、記憶が消せるわけじゃない……）

いつ終わるとも知れないこんな日が続いたある日、突然、冷静な私が現れて〝自問自答〟が始まった。

「私はどうしたら、この悲しみを受け入れることができるんだろう？」

間髪入れず、答えが返ってきた。

「渓太郎が、今、幸せならそれでいい！」

「渓太郎が幸せなら、私は、悲しくても寂しくても、それでいい！」

（そうか……私は今もなお、渓太郎の幸せだけを願っているんだ）

少しだけ、ホッとした気がした。

しかし、それも束の間のことだった。

（そんな答えが見つかったからといって、渓太郎が幸せかどうかなんて、わからないじゃない？）

（渓太郎はもういないの。『幸せ？』って聞くことだってできないの。どうやって確かめるのよ！）

奈落の底に落ちていく――。

意識のあることが苦痛でならない私は、耐えきれずにそのままベッドに逃げ込んだ。

（眠ってしまえば、ラクになれるのに……な）と思ってみても、眠れるはずもない。

身の置き所もなく、丸めた布団を枕元に押しつけて、そこに寄りかかるような格好で、ボーっと途方にくれていた。

（どうやったら、この悲しみを受けとめられるの？）

そのとき、超常現象（そうとしか説明できない）が、起きたのだ。

渓太郎が目の前に現れた――。

さらさらとしたレースの白いドレスをまとった女性に抱かれた渓太郎が、私のいるベッドの反対側に置かれたクローゼットから寝室に〝入って〟きた。

最初は霧のように曖昧だった輪郭が近づいて来るに従い、はっきりと確認できるようになった。

（……渓ちゃん！）

私は動揺することもなくとっさに、目の前に立つその女性にお願いをした。

「一度だけでいいから、渓太郎を抱っこさせてもらえませんか?」

するとその女性は（そのために来たの）とでもいうように優しく微笑んだ後、私の胸元に渓太郎を差し出した。

（渓ちゃん……）

私は、これまでずっとしていたように渓太郎を縦抱っこして、たったひとつでいい、後はなにもいらない、そのひと言に万感を込めた。

「渓ちゃん……。今、幸せなの?」

あのくりくりとして、散歩に明け暮れていた在りし日の渓太郎の目が、しっかり私を捉えた。

そして、トレードマークのまん丸笑顔を見せて「うん」というように、ニコニコと首を大きく縦に上下させた。

私は、この瞬間に渓太郎の「死」を素直に受け入れた。

（渓太郎が幸せなら、それでいい!）

もっとも欲しかった答えを手にした私は、躊躇なく白いドレスの女性に渓太郎を〝お返し〟した。

「ありがとうございました」と言って。

再び、私と同じ縦抱っこで渓太郎を大事そうに抱きかかえた女性は、ゆっくりと振り向いて、現れたときとは逆に輪郭を薄めながら消えていった。渓太郎とともに……。

（私がいなくても、渓太郎は幸せになれるんだね）

渓太郎を産んだ母親として、役割を終えたような安堵と寂寥《せきりょう》が入り交ざった感慨が込み上げてきた。

私は、幻覚を見ていたのかも知れない……。

しかし、私の両腕は、渓太郎を抱いた確かな感触を覚えている。

（渓ちゃん……　よかった……）

生まれて来てくれて……ありがとう

一九九七年八月十二日—生を受けて、この世にやって来た渓太郎。
一九九八年十二月二十五日—五〇〇日の生を全うして、天国へ逝った渓太郎。

渓太郎が亡くなって間もないころの私は、遺骨や遺影が並ぶ祭壇を前に朝から晩まで過ごしていた。

我が家では、葬儀の際に使われる紫色をした厚手の座布団が今の私の指定席。そこで膝を抱えたまま、なにをするでもなく何百時間もの時を流した。

心が元気な人から見れば「なんと退屈な……」と、思われても仕方ないのだけれど、体を動かしていないだけで、そのときの私は結構忙しかった。

自分の身に襲いかかる悲しみを、打ち負かそうとしていたのか、それとも、折り合いをつけようとしていたのか――。とにかく、頭はフル回転していた。

「渓太郎はどうして死んでしまったの？」

「そもそも、どうして生まれてきたの？」

「渓ちゃんは、幸せだったの？」

「今、どこにいるの？」

「死んだらどうなるの？」

次から次へと湧き上がる「問」を、一括りにすると「渓太郎の命とは……」に集約できる。未知の領域にあるその「答」を求めていたのかもしれない。

私は、自分自身を納得させる〝方程式〟を必死に解こうとしていたのだ。

不思議なことに、その過程でふと頭に浮かんだのが――

「この地球上には、どれほどの生物が存在しているのだろうかだった」

一見、呆気にとられそうで「どうでもいい」ことのように思われそうだが、実はこのときの私には、ここに「解」へと導く道筋が見えていた。

知人たちから「不可思議で理解できない」と、揶揄《やゆ》される私の思考回路が働き始めていたのだ。

かつて、毎日のルーティンだった渓太郎との散歩コースの目的地―公園で発見した「赤いダニ」の記憶が、いきなり蘇ってきた。

いつも決まって座っていたベンチに腰かけようとしたとき、たまたまその小さな姿が目に入った。

「なに⁉　この赤いの！」

「うわっ！　動いてる！」

私は、余りに鮮明な「赤色」の〝生命体〟に、叫んだことを思い出した。

これをきっかけに、連想ゲームよろしく、ミクロの世界の生物へとはまっていく。

（そうか……あのときに見た赤いダニも生き物だ。それなら、カビなどの菌、アメーバだって、ミジンコだって生き物だ！　植物だって、そうだよ！）

（じゃあ、地球上に存在する生物ってどれだけいるの？　種類は？）

（とても億じゃ、収まらないなあ。兆？　京？……）

キリのない未知数を当てはめなくても、アバウトな「天文学的な数」というだけで、私の方程式は解ける。

そうなのだ。この地球上に存在する天文学的な数の生物の種類と個体数──(想像を絶する数の生き物の中で、渓太郎は『人間』として生まれてきたんだ。天文学的数分の『一』として……)。

渓太郎の新盆を迎えた「施餓鬼会《せがきえ》」で、菩提寺の住職から聞いた「亀の話」が忘れられない。

命が「人間」として生まれる確率は、大海原に浮かぶ板切れの節穴から亀が顔を出すのと同じ──という内容だった。

この例え話に根拠があるのかないのか、そんなことなど、どうでもよかった。私は、いたく共感し感動したことを覚えている。

渓太郎の「命」の意味が見えてきた。

──奇跡を超えた奇跡、として……。

渓太郎が生まれた瞬間──。

「おぎゃー、おぎゃー」

産声とともに私の目の前に現れた、その小さな体を見たときに叫んだ「うっわぁー！かわいい‼」の歓喜と、自然に湧き上がる感動と、そして私の中には神様が存在している、とかの神秘性……等々。

ありとあらゆる感謝の気持ちが、波紋のように大きく、大きく広がっていった。ただ、そこにある小さな命に……

「生まれて来てくれて、ありがとう」

私はこのとき、渓太郎になにも望んではいなかったはずだ。生みの親の一方的な期待など、一切持たずに渓太郎を迎え入れたはずだ。

ましてや「お母さんより長生きしてね」とか「病気にならないでね」などの願いすら、思い浮かぶはずもなかった。

奇跡を超えた奇跡の積み重ねで、渓太郎が人間として生まれ、私は出会った。

―もう、それだけで十分だ。

奇跡の結果として、渓太郎は「たかが五〇〇日、されど五〇〇日」の人生を閉じた。
寂しい気持ちが消えたわけではないけれど、あの瞬間、心の底から涌きあがった真実の思いを、言葉を……私は、決して忘れない。

「生まれて来てくれて、ありがとう」

行ってらっしゃい
あなたの人生

【エピローグ】　神様の最後の質問

「人生最期の瞬間に、神様がする『最後の質問』って、なんだと思う?」

友人が貸してくれたある講演会のCDを聞くともなく聞いていた、私の胸がざわつきました。

（神様の最後の質問……）

なんか、とっても大事なことのように思えて早速、友人、知人、身近な人たち誰彼なく同じ質問をしてみました。

―人生を一生懸命に生きたかい?

―たくさんの人を幸せにできましたか?

―充実した人生を生きたかな?

―誰かを心から愛しましたか?

―大切な人と出会うことができましたか?

等々……「尋ねられると思う」と言うのです。

返ってきた〝想定質問〟一つひとつに「なるほど」と思う私でしたが、そこに一定の法則のような特徴があることに気づきました。

（神様は、決して苦しかったこと、辛かったことを尋ねたりしない）

……だとしたら、神様が人間に与えた「いのち（人生）」の目的は、たったひとつなんじゃないか。

（『幸せ』になるため！）

糸を紡ぐように自分なりに導き出した結論に沿って、こんな思いを巡らしました。

神様から、私が受ける最後の質問――。

それは、きっと……。

――私がプレゼントした人生……気に入ってくれたかい？

今年四十七歳を迎えました。私の「いのち」がいつまで続くかなんてわかりません。けれども将来、これだけは自信を持って誓えます。

いつなん時「最後の質問」が発せられようとも、いつ如何なるときも、とびっきりの笑顔で……。

私は、こう答えるのです。

「ハイッ！　とっても!!」

本書製作でお世話になった方々（順不同・敬称略）
平坂雄二　三浦　猛　竹花ちよ　横山信治　皿井啓之　石井栄三郎
小林悟子　赤堀明子　酒井春人

日ごろ、私の活動を支えていただいている皆様、私のブログをお読みいただいている皆様、そして本書をお読みいただいた、すべての方々に心より感謝を申し上げます。

著者紹介

中村美幸（なかむら・みゆき）

1971年長野県佐久市生まれ。千曲市在住。

27歳の時、生後4か月の長男渓太郎が小児がんを患い、長野県立こども病院小児腫瘍病棟にて1年間に及ぶ24時間付き添い看護生活を経験。

生と死と向き合い続けるその生活の中で、渓太郎や共に闘病した子どもたちから「幸せとはどこにあるのか」「愛とはなにか」を教えてもらう。

子どもたちが教えてくれたそれらのメッセージは、一人ひとりが存在価値を感じ、自分らしい幸せを手にするために最も大切なことだと気づき、それを伝えるための講演活動、少人数制参加型の「いのちと心のおはなし会」、企業研修などを行う。

大学生、高校生二人の子どもを持つ母でもある。

著書：「いのちの時間」（ゆいぽおと）、原作漫画「500日を生きた天使」（ぶんか社）

https://miyuki-nakamura.com/（「中村美幸オフィシャルサイト」）
https://ameblo.jp/miyu-briller/（「中村美幸オフィシャルブログ」）
※講演会・研修会のお申し込みは上記「中村美幸オフィシャルサイト」まで。

その心をいじめないで

二〇一八年八月十二日　第一刷発行

著者　中村美幸
発行人　酒井春人
発行所　有限会社 龍鳳書房
〒三八一－二二四三
長野市稲里一－五－一 北沢ビル
電話〇二六－二八五－九七〇一
FAX〇二六－二八五－九七〇三
URL: www.ryuhoshobo.co.jp
Email: info@ryuhoshobo.co.jp
印刷・製本　信毎書籍印刷株式会社

ISBN978-4-947697-60-8 C0036